DER BARON

Gestatten, dass ich mich vorstelle, obwohl man mich schon kennt – es nur niemandem so richtig bewusst ist. Egal, wo ich hinkomme, sei es Mittelaltermarkt oder Gothic-Musikfestival, freut es mich, wenn man sich unterhält und schon einmal von meinen Werken gehört, nur mich damit nicht in Verbindung gebracht hat. Meine Dark Poems von „Enter the dark side" oder das Buch „Blutmond" haben, so wie es scheint, schon seine Anhänger gefunden.

Ich bin DER BARON, lasse meinen dunkelsten Gedanken freien Lauf, stark beeinflusst durch die Musik, die ich so liebe, und bringe sie zu Papier. Nehmen Sie Platz in dieser Talfahrt der Gefühle und durchleben Sie mit mir, was mir so durch den Kopf geht. Geboren in einer der dunkelsten Ecken von Bayern, geniesse ich die Nähe von Salzburg und ziehe mich oft in die Geschichte dieser alten Stadt zurück. Ich lebe nicht umsonst in einem keltischen Gebiet, da ich mich dort wohl und mit diesen mystischen Plätzen sehr verbunden fühle. Wer mehr darüber wissen will, sollte mich einfach bei einer der nächsten Festlichkeiten ansprechen. Ich freue mich darauf!

Es wäre mir eine große Ehre.

Der Baron

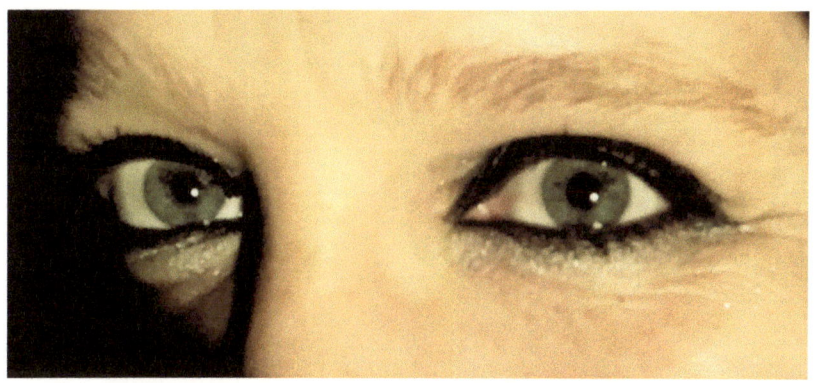

Als Co-Autorin sowie für Lektorat und Design (abgesehen vom Coverbild dieses Bandes) verantwortlich zeichnet die Ehefrau des Barons, **Antonia Gust**. Normalerweise hauptberuflich als Opernsängerin und Gesangslehrerin in Europa unterwegs, kümmert sie sich neben eigenen Projekten auch um den professionellen Feinschliff der Werke ihres Mannes. Durch ihre bevorzugt verkörperten Partien, den Hexen, Zauberinnen und Walküren aus Richard Wagners Opern, ist sie mit mystischen Themenwelten bestens vertraut.

Schatten

der

Angst

Impressum:
Copyright @ 2016 Markus Gust
Herstellung und Verlag:
BoD – Books on Demand, Norderstedt
ISBN 978-3-8391-0254-1

 **Es ist angerichtet:**

Schatten der Angst

Nur mal so erwähnt

Hast du nicht manchmal das Gefühl, dass du nicht allein bist, obwohl niemand in der Nähe zu sehen ist?
Du spürst die Anwesenheit einer Person, die dich beobachtet.
Du hörst Schritte so deutlich und weißt aber, dass du absolut allein im Haus oder deiner Wohnung bist.

Ich kann dich beruhigen. Diese imaginären Begleiter sind Realität. Wenn du allein im Wald spazieren gehst oder den Gipfel eines hohen Berges bezwingst, kannst du dir sicher sein, dass du nie allein unterwegs sein wirst. Die Kirche nennt sie Schutzengel. Sie sollen dich beschützen, wenn du in Not gerätst. Dieses Gefühl, diese innere Wärme, soll dir die Sicherheit vermitteln, dass dir nichts passieren kann.
Jeder hat so einen Schutzengel.
Doch – wo man was Gutes findet, ist das Böse meist nicht weit.

Denn – wieso springt der Selbstmörder von einem Hochhaus?
Oder – warum wirft sich dieser Irre vor den heranbrausenden Zug?
Was bringt einen Bombenattentäter dazu, andere und sich selbst in die Luft zu sprengen?

Was bringt mir ein Beschützer, wenn ich trotzdem sterbe?
Ist es überhaupt ein Schutzengel?
Bist du dir sicher?

Innere Stimme

Nun stand ich da und zweifelte, ob es richtig sein würde, was ich jetzt vorhatte. 30 Jahre ist es her, dass sie mich hergegeben hatte, nur um ihr altes Leben nicht aufgeben zu müssen.

Von wem ich rede? Von meiner Mutter, dem Biest, die eben in die Psychiatrie eingeliefert wurde. Sie war eine der Personen, über die man nicht gerne spricht – so wie sie damals von mir. Jetzt war sie ein menschliches Wrack, das sich durch den Alkohol in den Abgrund gesoffen hatte. Früher war sie das Leben selbst und auf jeder Party zu treffen. Bis sie in die verkehrten Kreise kam und auch noch schwanger wurde. Und zwar mit mir. Zum Abtreiben hatte sie kein Geld und deshalb wurde ich kostengünstig entsorgt, weil ich nicht in ihr Leben passte. Die Babyklappe des nahe gelegenen katholischen Hospizes kam da gerade richtig und so brauchte sie auch kein schlechtes Gewissen zu haben. Denn bei der Kirche war ich ja gut aufgehoben.

Das war vor gut 30 Jahren gewesen. Inzwischen stand ich mit beiden Beinen fest im Leben. Ich war Lehrerin an einer Schule für geistig behinderte Kinder, denn irgendwie fühlte ich mich dazu berufen.

Eine innere Stimme flüsterte mir zu:
„Auch wenn Du Deine Mutter für das, was sie getan hat hasst, finde Deinen Seelenfrieden mit ihr, denn bald hast Du sie nicht mehr. Nur eines solltest Du wissen: Sie kann nichts dafür, denn sie wurde auserwählt."

Dies war vor einer Woche gewesen. Seitdem lag ich jede Nacht wach und konnte an nichts anderes mehr denken. Was ich mit absoluter Sicherheit weiß ist, dass ich nicht verrückt bin – aber wer sprach mit mir? Warum wurde sie erwählt und vor allem VON WEM?

Jetzt stand ich hier vor Zimmer 7, fasste all meinen Mut zusammen und klopfte. Ich klopfte einmal – keine Reaktion. Ein zweites Mal – wieder kein Laut. Und dann trat ich einfach ganz vorsichtig ein. Da sah ich sie, sie saß im Nachthemd auf einem Stuhl vor dem Fenster und starrte hinaus.

„Hallo? Hallo, darf ich eintreten?"
Höflich fragte ich, obwohl ich schon im Raum war. Keine Reaktion. Da schloss ich leise die Türe hinter mir, packte einen Stuhl und setzte mich neben sie. Keine Regung, kein Laut war zu vernehmen. Mit ihren langen ungewaschenen pechschwarzen Haaren, dem weißen Nachthemd und den schwarz umrandeten Augen mit dem starren Blick von unten nach oben sah sie Furcht einflößend aus. Ich versuchte, ihrem Blick zu folgen und sah, dass sie direkten Augenkontakt zu einer in einem Baum sitzenden Eule hatte. Ab und zu zwinkerte sie kurz. Mir kam es so vor, als täte die Eule das Gleiche. Es war irgendwie unheimlich, wenn nicht sogar beängstigend, was da vor sich ging. Plötzlich riss sie die Augen und ihren Mund auf und sank am Stuhl sitzend in sich zusammen. Erschrocken sprang ich auf und hielt sie fest, damit sie nicht vom Stuhl fiel. Hilflos stand ich jetzt da und schrie laut um Hilfe. Sogleich kam auch ein Pfleger und legte sie auf ihr Bett. „Ich gebe gleich Dr. Almond Bescheid. Sie wird sich sofort um sie kümmern", sagte er und verschwand so schnell wie er aufgetaucht war.
„Ok. Ich warte hier."
Beim Hinausgehen drehte er sich nochmal kurz um und sagte:
„Sie brauchen sich keine Sorgen zu machen, das passiert öfter."
Und lächelte dabei.
Mit sorgenvoller Miene antwortete ich nur: „Wenn Sie das sagen..."

Ich bin ja viel aus meiner Schule gewohnt, aber das hier war abgefahren. Daraufhin packte ich mir einen Stuhl, setzte mich neben ihr Bett und wartete. Da ich die letzten Nächte nicht geschlafen hatte und es im Zimmer meiner Mutter höllisch warm war, überkam mich irgendwann die Müdigkeit und ich schlief ein. Als mir die Augen zufielen kam es mir so vor, als sähe ich einen Schatten, der sich über das Bett beugte. Ich dachte mir nur, dass es bestimmt der Arzt sei, und döste langsam ein.

Plötzlich wurde ich durch ein Räuspern wach und sah, wie meine Mutter im Bett saß und mich angrinste. Verwundert und noch leicht schläfrig blickte ich sie an und fragte: „Hallo, wie geht es Dir?"
Prompt kam die Antwort: „Gut, warum fragst Du?"
Ich dachte mir nur: „Komisch, sie benimmt sich wie ausgewechselt."
Ganz vorsichtig versuchte sie, aus dem Bett zu steigen.
„Warte, ich helfe Dir." Schnell sprang ich auf und stützte ihren Arm.
Da drückte sie sich von mir weg und blickte mich ganz verwundert an.
„Moment mal, was machst Du eigentlich hier? Wir haben uns ja schon lang nicht mehr gesehen."
Als ich ihr half, erwiderte ich: „Ja, schon sehr lange."
Als sie stand, atmete sie erstmal kräftig durch und ging ein paar Schritte allein.

„Jetzt erzähl mal, wie geht es den Kindern?"
Da wurde mir bewusst, dass sie mich verwechselte, denn ich hatte keine Kinder. Wie sagte der Doktor am Telefon, als er mich anrief: „Ihre Mutter hat den Bezug zur Realität verloren. Sie erkennt nur noch die Leute, die in ihrer Nähe sind. Nicht wundern, wenn sie denkt, Sie seien jemand anders. Sie ordnet Sie ein. Spielen Sie einfach mit. Alles andere würde sie durcheinanderbringen und die Folgen wären nicht abzusehen. Ihr jetziger Zustand ist das letzte Aufbäumen ihrer noch vorhandenen Gehirnzellen. Es dauert nicht mehr lange und dann ist sie ganz leer. Denn nach der Reihe sterben ihre Zellen ab. Schonen Sie ihre Mutter, solange sie noch aufnahmefähig und vor allem noch am Leben ist."

Also spielte ich das Spiel mit.
„Den Kindern geht es gut. Sie spielen zu Hause."
„Na dann ist es ja gut. Hilfst du mir bitte? Ich möchte gern zu Tisch, denn mein Frühstück wird gleich kommen."
„Gern."

Ich stützte sie und hielt sie fest. Gemeinsam gingen wir zum Tisch und ich half ihr noch, sich hinzusetzen. Das Zimmer war ja mehr als dürftig eingerichtet. Der Holztisch war notdürftig zusammengeflickt und der Stuhl wackelte auf seinen dünnen Beinchen, als sie sich hinsetzte. Wie ich mich vorbeugte, hörte ich auf einmal dieses Flüstern: „Glaube nicht alles, was sie Dir erzählen."

Erschrocken wich ich zurück, denn diese Stimme kam aus der Richtung meiner Mutter. Sie konnte es aber nicht gewesen sein, denn als ich sie so ansah, war sie ganz apathisch und summte ein altes Kinderlied. Nur hinter ihr war wieder dieser Schatten. Zuerst dachte ich, es wäre der meiner Mutter, doch sie bewegte sich nicht, aber dieser Schatten schon. Jetzt wurde mir ganz anders und auf einmal hörte ich diese Stimme wieder, nur diesmal hatte sie einen sehr diabolischen Unterton:

„Deiner Mutter fehlt nichts. NOCH nichts. HAHAHAHAHA."

„Wer ist da?"

Plötzlich spürte ich die Nähe dieses Schattens. Mir lief es kalt den Rücken hinunter. Mich schauderte und ich fror. Da bemerkte ich, dass meine Mutter sehr ruhig wurde. Sie gab keinen Ton mehr von sich, saß nur da und starrte auf den Tisch vor sich. Auf einen Schlag kippte sie nach vorn und knallte mit dem Kopf auf die Tischplatte. Im gleichen Moment wurde die Zimmertüre geöffnet und eine Ärztin stand davor. Als sie meine Mutter sah, sprach sie: „Haben wir es jetzt endlich geschafft. Wurde auch Zeit. Jetzt ist ihr Leiden vorbei."

Sie drehte sich nach links und drückte auf den Schwesternknopf. Dann kam sie auf mich zu und gab mir die Hand. „Sie müssen die Tochter sein. Gestatten, Dr. Lilly Almond. Mein herzliches Beileid."

Ich stand mit weit geöffnetem Mund da und konnte erstmal nichts sagen.

„Machen Sie sich keine Sorgen. Sie hat es überstanden."
Dann nahm sie mich in den Arm und begleitete mich aus dem Zimmer.

Die nächsten Tage war ich unfähig zu arbeiten und ließ mich von meinem Hausarzt für den Rest der Woche krankschreiben. Das Ganze war wie ein schlechter Film, der auf Endlosschleife eingestellt war. Irre. Ich saß nun auf der Couch im Wohnzimmer meines 3-Zimmer-Apartments und sah immer wieder die gleichen Bilder. Irgendwie nahm mich die Sache doch mehr mit, als ich mir eingestehen wollte. So stark war ich dann doch nicht. Ich brauchte professionelle Hilfe, um das zu verarbeiten. Zum Glück kam ein guter Studienkollege am Wochenende zu Besuch. Als er mich so sah, wusste er sofort, was mit mir los war.

Richard Wood, ein angehender Psychologe, setzte sich mir gegenüber und sagte kein Wort. Er war ein gut aussehender, schlanker Typ mit Anzug, der eigentlich immer lächelte. Als er mich aber so ansah, war nichts davon zu sehen. Wie jeder Psychologe versuchte er, seinen Klienten – diesmal mich – zu scannen. Er ließ mich zuerst alles, was passiert war, erzählen. Dann fragte er mich, was an dem Geschehenen für mich das einprägsamste Erlebnis war – natürlich MEINER Meinung nach.
„Wie meinst Du das?" fragte ich ihn.
„Hat Dich der Tod Deiner Mutter überrascht?"
Nach kurzem Nachdenken antwortete ich: „Eigentlich nicht. Denn ich wusste ja, dass sie sterben würde. Aber..."
Als ich hier ins Stocken kam, fragte er: „Aber WAS?"
„Diese Stimme klang so anders und dieser Schatten geht mir nicht mehr aus dem Kopf."

„Ich könnte Dir jetzt mit einer ellenlangen psychologischen Erklärung kommen, aber ich versuche, es so einfach wie möglich zu erklären:
Als Erstes – Du bist nicht verrückt.
Zweitens – Deine Mutter war ein Medium der Zwischenwelt.
In unserem Gehirn gibt es Zellen, die uns das Unwirkliche

ausschalten lassen. Die das logische Denken steuern und nichts anderes mehr zulassen. Menschen, die dieses Hindernis überwinden, sehen mehr als Du und ich. Die heutige Gesellschaft stempelt solche Leute gern als verrückt ab, weil sie es nicht verstehen. Wir Psychologen kratzen mit unserem Erlernten nur an der Oberfläche unseres Gehirns und versuchen, es zu verstehen."

„Moment mal, aber was war mit der Eule?"
„Eine Eule ist ein Bote. Als Du Deine Mutter auf den Vogel starren sahst, tauschten sie sozusagen die letzten News aus, um es mal verständlich auszudrücken."
„Ja, aber..."
„Du meinst den Schatten und die Stimme?"
„Genau."
„Leicht zu erklären. Ich weiß nicht, was Du über Schutzengel weißt."
„Sie sollen Dich beschützen?"
„So ungefähr. Es sind Wegbegleiter."
„Und die gibt es wirklich?"
„Ja, jeder Mensch hat so einen Aufpasser. Die Kirche verharmlost diese Gestalten, denn SOLCHE Engel sind es nicht.
In Wahrheit sind es DÄMONEN."

Auf einen Schlag war ich hellwach.
„DÄMONEN?"
„Genau. Schatten, die Dir in der Not beistehen oder Dich – töten.
Die Kälte, die Du gespürt hast, war das Wechselspiel des Dämons, der von Gut zu Böse wird. Aus der wohltuenden Wärme, die Du spürst, wenn Du Dich geborgen fühlst – denk an ein Baby, das im Arm seiner Mutter ganz ruhig einschläft – wird daraus, wenn der DÄMON sich verändert, eisige Kälte.
Dann spürst Du die eisige Hand Deines Beschützers in Deinem Nacken und um Deinen Hals. Langsam drückt er Dir die Kehle zu und – ...und Du hast Angst."
„Und die Stimme?"
„Gute Frage. Es gibt Dämonen, die nicht nur ihren Menschen beeinflussen können, sondern auch leibliche Verwandte. Dabei

verlassen sie ihren zugeteilten Menschen und treiben ihr Spiel mit anderen. So wie mit Dir."

„Aber warum sagte er, dass meine Mutter auserwählt war?"

„Deine Mutter war ja ein Medium und ein ganz besonderes, weil ihr die gewissen Gehirnzellen fehlten. Das heißt, sie sah VIELES sehr genau, wahrscheinlich ZU deutlich. Im Zwielicht gehen Dinge vor sich, die wir nur erahnen können. Solche Leute wie Deine Mutter erzählen uns davon. Aber leider nicht lange, weil sie dann sterben. Wir gehen davon aus, dass diese Dämonen zu schlau sind und das Sterben beschleunigen."

„Wieso beschleunigen?"

„Damit man ja nicht zu viel erfährt."

Wir redeten noch lange in die Nacht hinein und er erzählte mir auch etwas von einer schwarzen Kirche in Form eines Würfels ohne Fenster. Wenn man dieses Gebäude betritt und die Fähigkeit eines Mediums hat, sieht man die Wahrheit vom Zwielicht. Doch bis jetzt wurde sie nicht gefunden.

Oder sagen wir lieber, bis jetzt sollte sie nicht gefunden werden.

Die Tage vergingen und der Alltag in meiner kleinen Schule holte mich wieder ein. So wurden die Gedanken an das Geschehene zurückgedrängt. Nur noch in meinen Träumen sah ich meine Mutter. Obwohl ich sie nur kurz kannte, war sie mir so vertraut. Ich stellte sogar ein Bild von ihr auf meinen Nachttisch. Mein Freund, der Psychologe, betreute mich seit den Tagen und half mir, meine Träume zu verarbeiten. Langsam lernte ich, damit umzugehen und ich musste mir eingestehen, ab und zu auch ins Zwielicht zu sehen. Denn zu meiner Überraschung fanden sich die richtigen Gene meiner Mutter auch in mir. Deshalb war ich auch ein Medium und je mehr Richard mit mir arbeitete, desto stärker wurden die Bilder. Es war wie im Kino.

Die Offenbarung

Das Bewusstsein, ein Medium zu sein, ermöglichte mir, die Welt auf eine andere Art zu sehen. Das Zwielicht ist überall, betreten kann man es nur als Medium oder durch die Tore. Langsam verstand ich, warum manche Bauherren in ihren Häusern einfach die Fenster 'vergaßen'. ABSICHT – denn hinter diesen vermeintlich architektonischen Fehlern bestand die Möglichkeit, ein Hintertürchen ins Zwielicht zu haben. Jede verstorbene Seele irrt ziellos umher, nur eingeweihte Seelen nutzen dann einfach diese Einstiege und haben ihre Seelenruhe. Also nicht mehr wundern, wenn bei Häusern Fenster oder Türen nur angedeutet, aber nie eingebaut wurden.

Mit dieser Erkenntnis sah ich jetzt auch Kirchen mit anderen Augen. Niemandem würde es auffallen, aber Dämonen verändern die Farben der Kirchenfenster. So geschickt, dass es keinem Menschen auffällt, der es nicht besser weiß. Denn wie man sich in diesem Bauwerk fühlt, hängt viel vom hereinfallenden Licht ab. Jetzt ging ich viel offener durch die Welt und musste mich öfters ausruhen, um erstmal alle neuen Eindrücke zu verarbeiten. Da tut es gut, von den Kindern in der Schule gefordert zu werden. Ich liebe sie über alles, denn sie sind die dankbarsten Geschöpfe dieser Welt. Von der Gesellschaft ausgestoßen, weil sie nicht ins schöne Bild passen. Weggesperrt, damit niemand ein schlechtes Gewissen bekommt.

„Oh Gott, es könnte ja mein Kind sein und jemand könnte es sehen!"

Doch ich provozierte und zeigte den Kindern die Welt. Wie in den letzten Schulferien. Da ich ja keine Familie hatte, widmete ich mich den zurückgebliebenen Schülern, die nicht von ihren Eltern anstandshalber zur Urlaubsreise abgeholt wurden. Diese drei Kinder sind sozusagen die Unansehnlichen. Ich packte die Kinder in mein Auto und wir besuchten die Bilderausstellung eines mir unbekannten Malers im nahegelegenen Hamburg. Aufmerksam machte mich Richard mit den Worten: „Ich schätze, der könnte Dich interessieren. Seine Werke sind etwas skurril, aber einzigartig. Einer der wenigen Gothic-Maler. Sein Name Hendrik van Dyck. In der Szene bekannt unter dem Namen SETH."

Das beeindruckte mich doch sehr, denn Seth war der Name eines der wichtigsten ägyptischen Götter und dieser war der Gott des Chaos. Genau die richtige Ablenkung für meine Kinder und mich.

Als wir die Ausstellung betraten, spürten wir sofort diese eigenartige Stimmung. Düster, gut besucht und lauter schwarz gekleidete Menschen. Ich nahm meine Kinder zur Seite und sagte:
„Falls wir uns verlieren, was ich ja nicht hoffe, warten wir hier am Haupteingang an diesem Sarg, der da neben mir steht. Ich hoffe nur, dass er jetzt nicht aufgeht."
Alle drei nickten, aber vorsichtshalber fragte ich noch mal jeden einzeln.

Zuerst *Elvira*, meine kleine 13-jährige Prinzessin. Leider hatte ihr Gesicht durch einen Autounfall sehr an seiner Schönheit eingebüßt und der Aufprall auf dem Sitz ihrer Mutter hatte ihr Gehirn auf den Stand einer Zweijährigen zurückversetzt. Sie verstand alles, hatte aber ab und zu ihre Probleme, das Gehörte umzusetzen.

Dann *Edward*, unser Frauenheld mit Sprachfehler. Ein großer Charmeur und leider eines der zahllosen Contergankinder. Ein herzensguter 15-Jähriger, den ich gleich mal als Aufpasser für Elvira einsetzte, falls ich nicht da wäre.

Und schließlich *Selma*. Ihr Alter bleibt ein Geheimnis, denn eigentlich müsste sie zwischen 30 und 40 Jahre alt sein, aber ihr Körper hatte komplett im Alter von 20 Jahren die Involution eingeleitet. Sie wird von Tag zu Tag jünger. Aber leider hatte das ihr Gehirn nicht vertragen.

Als ich mich so mit meinen Schützlingen unterhielt, stupste mich plötzlich jemand von hinten an und ich drehte mich um. Da stand ein Mann vor mir. Genauer gesagt ein Schrank von einem Mann, denn was ich vor mir sah, war seine Brust. Komplett in Schwarz, wie aus einem Degenfilm entsprungen, nur mit einer dunklen kleinen

Sonnenbrille und seine Haare zu einem Zopf gebunden, seiner Robe mit Goldbesatz und einem Stock, auf den er sich stützte. Das musste SETH sein, ich spürte es irgendwie.

Langsam blickte ich nach oben und fragte: „Ja bitte, Sie wünschen?" Da hörte ich nur in forschem Ton: „Würden Sie sich bitte zur Seite begeben. Sie stehen mir im Weg mit ihren Monstern." Das war genau das, was ich jetzt absolut nicht hören wollte und wurde sauer. Ich ballte meine Hände zu Fäusten und spürte schon, wie mich dieser Kerl mit seinem Stock zur Seite schieben wollte. Plötzlich zuckte er zurück, denn Edward packte den Stock, riss ihn dem Riesen aus der Hand und warf ihn zu Boden. Stotternd sagte mein Beschützer nur: „Wenn – Duu – Diiich – miiit – ihr – annnlegst, dddann – auuuuch – mitttt – MIR."
„UND MIT MIR", hörte ich Selma sagen und von Elvira war nur ein „Mhhhh" zu hören. Sogleich standen die Kinder wie eine Wand vor mir. Man spürte, wie die Stimmung kochte. Damit hatte dieser Kerl nicht gerechnet.

„Moment, Moment, das muss doch nicht sein!" hörte man auf einmal eine Dame im roten Abendkleid, die sich zwischen die Kinder und diesen Riesen stellte. Sie hob den Stock auf, gab ihn dem Kerl, hakte sich bei ihm unter und führte ihn weg. Ich hörte nur noch, wie sie lächelnd zu ihm sagte: „Junger Meister, jetzt müssen Sie mir das nochmal erklären..."

Sofort nahm ich meine Kinder in die Arme und wir drückten uns ganz fest. Auf einmal hörten wir eine Stimme:
„Euch kann man nicht allein lassen. Ich hätte Dich warnen sollen. Dieser Kerl hat es zwar künstlerisch auf dem Kasten, aber leider nichts in der Birne. Nicht alle Tassen im Schrank, würde man sagen, hahaha."

Waren wir glücklich, als wir Richard sahen. Da die Kinder ihn auch von seinen Besuchen bei mir kannten, fiel die Begrüßung sehr herzlich aus. Alle lachten und er schickte die Kinder ans andere Ende der Ausstellung mit den Worten: „Wenn Ihr Hunger habt, da hinten haben sie kleine Häppchen vorbereitet, nehmt Euch so viel Ihr wollt. Mein Institut zahlt heute alles."

Verwundert blickte ich ihn an.
„Ihr zahlt alles? Das musst du mir näher erklären."
Er lachte nur und nahm mich in den Arm.
„Schau Dir die Bilder an und Du verstehst mich."
Ich verstand nur Bahnhof, aber tat ihm den Gefallen. Als wir am ersten Bild ankamen, stand ich davor und versuchte, mir einen Reim aus diesem sogenannten Kunstwerk zu machen. Ich blickte es von allen Seiten an, konnte aber beileibe nichts Interessantes entdecken. Aus Höflichkeit gegenüber den anderen Gästen flüsterte ich Richard ins Ohr:
„Entschuldige, da malen manche Kinder im Kindergarten besser."
Dann hielt er seine Hand vor mein Ohr und sprach ganz leise.
„Wem sagst du das."

Ich schüttelte nur meinen Kopf und ging zum nächsten Bild. Jeder Psychologiestudent hätte bestimmt seine helle Freude an diesen Kunstwerken. Mord und Totschlag in dunklen Farben. Das Ebenbild des Künstlers. Es wurde immer schlimmer, bis man nichts mehr erkannte, außer ein Feld mit Mohnblumen, natürlich in dunklen Farben. Plötzlich sah ich etwas Außergewöhnliches, blieb stehen und sah mir das Bild näher an. Auf diesem Bild war mehr zu sehen. Ich drehte mich zu Richard und sah ihn nur über beide Ohren grinsen. Dann wendete ich mich wieder dem sogenannten Kunstwerk zu. Im Hintergrund war ein Kubus zu sehen und vorne daran ein Eingang. Wie vom Blitz getroffen fiel mir die Kirche ohne Fenster ein und ich wurde ganz nervös. Als Richard das sah, packte er mich und hielt mich fest.

„Psst, wie ich sehe hast Du es entdeckt. Bitte jetzt ganz ruhig, wir wollen ja kein Aufsehen erregen. Ich schätze, ich sollte Dir etwas erklären."

Wir sammelten die Kinder ein, die inzwischen das ganze Buffet geleert hatten, und verließen die Vernissage. In der nahegelegenen Eisdiele bekamen die Kinder jeder einen Eisbecher und sie durften sich ans Fenster setzen. Richard lud mich auf einen Kaffee ein und wir nahmen am Nachbartisch Platz.

„Jetzt raus mit der Sprache. Wer ist SETH?"
Dies sagte ich aber mit einer Lautstärke, dass Richard mir den Mund zu halten musste.
„Psst, nicht so laut."
Er nahm seine Hand wieder weg und fing an zu erzählen.
„Also, wir haben ihn gefunden. Er lag in Den Haag in einem Krankenhaus."
„Wieso Den Haag? Wieso Krankenhaus?"
„Er war wie Du ein Medium und hatte sich aber leider zu weit ins Zwielicht gewagt. SETH hatte einen schweren Unfall mit dem Auto. Das, was Du vorhin sahst, ist das Produkt. Er ist so richtig arrogant geworden und behandelt alle Leute von weit oben herab. Die Dame vorhin in Rot war übrigens meine Kollegin Dr. Gordon, seine Leibpsychologin. Der Kerl ist das Letzte an Manieren, aber er zeichnet, was er gesehen hat. Wie die Kirche ohne Fenster."
„Weißt Du, wo er sie sah?"
„Das ist das Problem. Wir wissen nicht, wo er herkam. Er kam aus dem Nichts. Und fragen bringt nicht viel. Sein Gehirn ist zu stark lädiert. Und noch was: Die Dämonen wissen Bescheid."
„Wie – Bescheid?"
Da zog er ein Blatt Papier aus der Jackentasche. Zusammengefaltet, weil es sonst zu groß wäre. Als er es am Tisch ausbreitete, erkannte ich mein Gesicht und die Kinder, gezeichnet von SETH.
Erschrocken wich ich zurück. „Und jetzt?"
Zaghaft antwortete er mir: „Das wollte ich eigentlich DICH fragen."

Plötzlich bemerkte ich, dass wir beobachtet wurden und ich blickte zur Seite des Tisches. Elvira, Edward und Selma standen Hand in Hand an der Tischkante und ich konnte Edwards Stimme hören, obwohl er seine Lippen nicht bewegte.

„Wenn Ihr wollt, können wir Euch helfen."

Ich erschrak, als ich das hörte und zuckte nach hinten.

„Nicht nur Du siehst ins Zwielicht. Da Du gut zu unserer äußeren Hülle bist, werden wir Dir helfen, es zu finden."

Gemeinsam verließen wir das Lokal und fuhren zu mir nach Hause. Edward meinte, es wäre besser, denn der Dämon von SETH hatte bereits im Zwielicht Bericht erstattet. Und er spürte, dass SETH es überstanden hatte. Die Männer räumten schnell meine Couch, wir setzten uns zu fünft auf den Boden und bildeten einen Kreis. Wir nahmen uns an den Händen und schlossen die Augen. Dann hörte ich auf einmal Edwards Stimme.

„Das, was Du suchst, ist nicht weit von hier. Nur eines muss ich Dir sagen..."

„Was?" fragte ich aufgeregt.

„Bist Du Dir sicher, dass Du es sehen willst?"

„Ja, das ist das Ziel meines Lebens."

Plötzlich änderte sich seine Stimme und sie wurde sehr diabolisch.

„Du wirst NIE mehr zurückkommen. HAHAHAHAHA."

„Wie bitte?"

Da wurde es mir klar. Die Dämonen waren perfekte Schauspieler und bereits in den Kindern. Ich wollte den Kreis lösen, aber meine Hände waren wie eingefroren und mir wurde schwarz vor Augen. Langsam trat ich weg. Das Einzige, was ich noch hörte, war das diabolische Lachen von Edwards Dämon. Halb benommen spürte ich, wie ich in einen Strudel geriet und mitgerissen wurde. Der Druck wurde immer stärker und meine Arme taten fürchterlich weh von den Schmerzen. Auf einmal erkannte ich ein Licht in diesem Kubus. Es war, als ob mich dieses Ding ansaugte. Immer mehr und immer stärker. Ich konnte die Schmerzen kaum noch aushalten. Bis ich einen Schlag erhielt und mich nicht mehr rühren konnte. Ich weiß nur noch, dass mein Kopf fürchterlich brummte und ich komplett die Besinnung verlor.

Nach einer Weile spürte ich die Sonne, wie sie in mein Auge blinzelte. Ihr Licht tat gut. Ich spürte diese Wärme, nur irgendetwas war komisch, als ich versuchte, mich zu strecken. Meine Arme, meine Beine, kein Gefühl mehr. Ganz ehrlich spürte ich überhaupt nichts mehr. Da öffnete ich langsam meine Augen und erkannte die Umrisse einer Gestalt. Es war Richard und er beugte sich über mich. Er sagte etwas zu mir, nur ich verstand ihn nicht. Als ich ihn deswegen ansprach, reagierte er nicht. Plötzlich wurde er von einem Mann in Weiß, ich schätze einem Doktor, zur Seite geschoben und dieser sprang auf mich. Ich erkannte nur noch einen Defibrilator in seinen Händen.
Blitze schossen durch meine Augen und alles zuckte. Dann – war alles still.
Ruhe.
Absolute Ruhe.

Bis ich die Stimme meiner Mutter vernahm.
„Ich hätte Dich warnen sollen, als die Zeit noch dafür da war, aber jetzt ist es zu spät. Wenn Du den Kubus siehst, gibt es kein Zurück und Du bist ein Teil des Zwielichts."
„Aber ich war doch gerade noch..."
Weiter kam ich nicht, denn sie fiel mir ins Wort.
„Du hast gerade Deinen eigenen Tod gesehen. Richard wollte Dich nicht aufgeben, nur – Dein Dämon war stärker."
„Heißt das, ich bin tot?"
„Ja, das bist Du."
„Wenn ich tot bin, wieso spüre ich dann plötzlich diese Wärme?"
Da wurde ihre Stimme energischer.
„Vorbei ist vorbei."
„Ich will noch nicht tot sein!"

Auf einmal zuckte wieder alles und ich erkannte wieder diese Blitze. Mir wurde warm und meine Gefühle kamen zurück. Jemand griff nach mir und zog an meinem Arm. Ich öffnete meine Augen und sah ein Tor, ein Fenster und Selma neben mir. Sie packte mich und durchschritt mit mir diesen Zugang. Es gab einen lauten Knall und ich fiel durch ein großes Loch. Ich wurde immer schneller und schneller. Alles verschwamm um mich herum. In meinen Gedanken sah ich Richard, der mich im Arm hielt und mir etwas zurief. Doch diesmal verstand ich ihn, denn er rief meinen Namen. Die Bilder wurden deutlicher und ich bemerkte, dass ich erwachte. Da sah ich auch Selma. Wir blickten uns an und sie zwinkerte mir nur zu. Ich hörte ihre Stimme in meinem Kopf.

„Wenn ich es geschafft habe, dann schaffst Du es auch."

Wir lachten uns beide an und freuten uns, endlich wieder zu Hause zu sein.

Die nächsten fünf Wochen verbrachte ich unter strenger Aufsicht von Richard und Selma im Krankenhaus, um mich zu erholen. Als ich das Krankenhaus verließ, erfuhr ich, dass Edward bei einem Unfall ums Leben gekommen und Elvira spurlos verschwunden war. Wir beschlossen gemeinsam, nie mehr ins Zwielicht zu schauen und einfach unser Leben zu leben.

Doch würden wir von den Dämonen in Ruhe gelassen werden?
Denn einmal entkamen wir ihnen – würde es uns ein zweites Mal auch gelingen?
Wer weiß.
Doch – da war noch dieses Flüstern. Hörst du es auch?

Stille

1. Ironie des Schicksals

Genau in diesem Moment fallen mir folgende Worte ein:

„Bis dass der Tod euch scheidet."

Jetzt liegst du hier in meinem Arm und dein Pulsschlag ist fast nicht mehr zu spüren. Vor der Hütte wütet der Schneesturm des Jahrhunderts, der den Tag zur Nacht macht. Zeit wird nebensächlich, wenn du nicht einmal mehr die eigene Hand vor Augen siehst.
Kein bisschen Licht ist zu erblicken.
Du achtest auf jedes Geräusch.
Das Pfeifen des Windes.
Das Heulen der Wölfe.
Oder einfach nur
STILLE.

Wenn ich dir langsam über das Gesicht streiche, bemerke ich deine feinen Züge und dieses Lächeln.
Obwohl ich nie mehr hören werde, wie du lachst.
Obwohl ich nie mehr sehen werde, wie du weinst.
Du bleibst immer in meinen Gedanken, solange ich lebe.

Man sagt, der Tod zeigt dir zum Abschied noch mal dein ganzes Leben. Wie ein Film im Schnelldurchlauf.
Ich glaube, es ist so weit.
Ich kann die Stimmen meiner toten Eltern hören und sehe mich als Kind am Strand spielen.

Bald – bald werden wir uns wiedersehen. Ich spüre, wie die Kälte langsam durch meinen Körper dringt und das Blut in meinen Adern gefriert. Mir wird so anders und ich höre nur noch diese

STILLE.

Adieu mein Schatz, bis bald.

2. Endlich Urlaub

Wie automatisch blickte ich alle fünf Minuten auf die Uhr gegenüber an der Wand. Jetzt saß ich hier in meinem Büro und konnte es kaum erwarten, bis es endlich Mittag war. Es klingt schon verrückt, wenn ich daran denke, dass wir uns am vergangenen Abend entschlossen hatten, diesen Trip zu machen. Bis 2 Uhr in der Früh hatte ich das Auto reisefertig gemacht, während Lisa im Internet nach der passenden Bleibe gesucht hatte. Freudestrahlend teilte sie mir mit, dass sie es geschafft hatte und fiel mir um den Hals, als ich erschöpft die Treppe emporstieg.

„Jetzt mal langsam, schöne Frau!", sagte ich. „Zeig mir mal, was Du gefunden hast."
Sie gab mir den Ausdruck, den sie in der Hand hielt, wie wild vor meinem Gesicht herumwedelnd. Ich nahm ihn und las.
„Mhh...", machte ich. "Mhh?" Hörte ich sie.
„Ich frage mich nur, warum sie frei ist, wenn sie super aussieht..."

Da ich von Natur aus vorsichtig bin, sah ich mir die Sache ein wenig genauer an. Es war nämlich sehr verwunderlich, dass diese Hütte in den Tiroler Alpen in der Nähe von Galtür zur Weihnachtszeit nicht benutzt wurde. Aber wie ich auch in den Unterlagen und im Internet feststellen konnte, war das einzige Manko, dass sie schlecht zu erreichen war. Aber dies sollte für uns kein Hindernisgrund sein. Denn wir wollten ja raus aus dem stickigen Büro und dem überfüllten Salzburg.

12 Uhr Mittag. Endlich.
Lisa erwartete mich bereits vor meiner Arbeit. Schnell packte ich meine sieben Sachen ein und hastete die Treppe hinunter. Da sah ich sie schon auf dem Fahrersitz im Auto und sie öffnete mir die Türe. Ihr Lachen ließ mich all die Sorgen im Büro vergessen. Lisa war die Frau, die ich seit meiner Kindheit liebte und auch letztes Jahr endlich zum Traualtar geführt hatte.

Wir hatten zunächst Glück und unser Navi führte uns an allen obligatorischen Staus in Salzburg sicher vorbei, sodass wir schnell auf die Autobahn kamen – bis wir plötzlich mitten in einem Lkw-Stau standen. Da knurrte auf einmal mein Magen und Lisa zeigte lächelnd auf die Box, die auf der Rücksitzbank lag. Ich drehte mich, griff nach hinten und ertastete die bis obenhin mit Stullen gefüllte Box. Per Handzeichen gab Lisa mir zu verstehen, dass sie auch etwas zu essen wollte. Wir benötigten nicht viel Worte, um uns zu verstehen, denn Lisa konnte von Geburt an nicht sprechen. Aus Liebe zu ihr lernte ich die Gebärdensprache, aber meist genügte ein Blick.

Nachdem wir Innsbruck passiert hatten, bemerkten wir, dass wir nicht die Einzigen mit dieser Idee waren. Es dauerte 5 Stunden, bis wir in Galtür ankamen. In der Email des Anbieters stand geschrieben, dass sich der Schlüssel bereits im Türstock der Hütte gut versteckt befand, sodass wir uns nicht lange aufhalten mussten. Zu unserem Glück war bis kurz vor unserem Ziel der Zufahrtsweg geräumt und wir mussten nur die letzten 200 Meter zu Fuß mit Stirnlampe und vollem Gepäck bewältigen. Schnell richteten wir uns häuslich ein und ich schürte erst einmal den Kamin ein. Es war eine Hütte mit Stromanschluss, aber ohne fließendes Wasser, weil es bestimmt bei diesen Temperaturen einfrieren würde. So verbrachten wir die Nacht eng umschlungen vor dem Kamin.

3. Abgeschnitten

So gut hatten wir schon lange nicht mehr geschlafen. Die frische Luft in der Natur tat ihr Übriges. Wir mussten feststellen, dass es über Nacht noch mehr geschneit hatte und deshalb beschlossen wir, nach dem Frühstück diesen Neuschnee gleich auszunutzen, um im Tiefschnee zu boarden.

Das erste Hindernis trat auf, als ich die Tür öffnen wollte und sie nicht aufbekam. Fluchend trat ich gegen sie, als Lisa meinte, ob nicht Schnee davor liege. Wo sie recht hatte, hatte sie recht. Ich musste mir einen Weg über ein Fenster nach draußen bahnen. Als ich das Seitenfenster öffnete, kamen mir schon Schneemassen entgegen. Es musste mindestens 1,50 – 2m geschneit haben. Ich buddelte mittels einer Kaminschaufel einen Weg zur Türe. Abgekämpft öffnete ich sie dann und Lisa machte mir erst mal einen heißen Zitronentee. Das größere Übel kam ja noch, denn wir mussten zum 200 m entfernt abgestellten Auto. Doch wo war unser Fahrzeug? Außer Schnee war nichts zu sehen. Und am Abend zuvor hatte alles noch ganz anders ausgesehen. Jetzt sahen wir nur SCHNEE.

Langsam machten sich in mir Zweifel breit, ob das mit dem Wochenendtrip eine so gute Idee gewesen war. Aber Lisa war eine Frohnatur und lenkte mich geschickt ab. Gemeinsam gingen wir die Sache beherzt an, sie mit dem Nudelsieb und ich mit der Kehrichtschaufel. Da fiel mir plötzlich ein, dass ich ja den Autoschlüssel hatte und es einfach per Knopfdruck öffnen konnte. Ich lief schnell in die Hütte, holte den Schlüssel aus meiner Jeans und hastete zur wartenden Lisa. Sie strahlte nur und klatschte vor Freude. Ich drückte den Knopf. Wir lauschten und hörten das Piepsen, aber wir sahen das Auto nicht. Wieder und wieder probierten wir, das Geräusch zu orten, aber ohne Erfolg. Der einzige Effekt war, dass das Geräusch immer leiser wurde. Langsam verschwand das Lächeln auf Lisas Gesicht und wich einem verzweifelten Schluchzen. Sie gab sich die Schuld für den ganzen

Schlamassel. Ich versuchte, sie zu beruhigen und sagte nur, dass ich mit dem Handy Hilfe holen würde.

Doch wo war das Telefon?
Da fiel mir ein, dass ich es zum Laden im Auto angesteckt hatte. Und zwar im Fach auf der Mittelkonsole, denn dort war die einzige noch freie Steckdose. Ich muss es beim Auspacken im Auto vergessen haben. Da verlor Lisa die Beherrschung und trommelte wie wild auf mich ein. Wir waren gefangen im Schnee. Zum Glück hatten wir ein Dach über dem Kopf und genügend Proviant für eine Woche. Strom und eine Kochstelle zum Abkochen des Wassers waren auch vorhanden. So konnten wir nur warten und weiter nach dem Weg und vor allem nach dem Auto suchen. Die Zeit verrann und langsam wurde es dunkel.

Es fing an zu regnen. Ich jubelte, als die Regentropfen gegen die Fensterscheibe der Hütte knallten. Denn das bedeutete, dass der Schnee wegschmolz und den Weg ins Tal freigab. Zufrieden schliefen wir Arm in Arm vor dem Kamin ein. Dies war das erste Mal, dass ich mich über Regen freute und Lisa lachte wieder.

In all der Eile hatten wir jedoch vergessen, den Wetterbericht zu lesen – sonst wäre es uns bewusst gewesen, dass es in der Nacht einen gewaltigen Temperatursturz geben sollte. Zuerst wurde es kalt und der Regen gefror. Später fing es wieder an zu schneien und hörte nicht mehr auf.

Als ich am nächsten Morgen erwachte, traute ich meinen Augen nicht. Die Fensterscheiben waren so stark eingefroren, dass ich sie nur mit größter Mühe freibekam. Leider musste ich feststellen, dass ich nur noch Schnee sah. Vergeblich versuchte ich, die Türe zu öffnen. Da erinnerte ich mich an das Poltern in der Nacht und wusste jetzt, was das gewesen war. Zu unserem Pech war die ganze Dachlast ins Rutschen gekommen und die Schneemassen hatten die Eingangstüre unter sich begraben. Wir waren eingesperrt und ich versuchte, Lisa die Hoffnung auf Rettung trotzdem zu erhalten.

Doch wer sollte uns schon finden? Niemand wusste, dass wir hier waren. Der Besitzer der Hütte hatte geschrieben, dass er die Weihnachtsferien in wärmeren Gefilden verbringen werde und nicht wisse, wie lang er bleiben würde. Geld schien ihm kein Problem zu sein. Da Lisa ihm gleich die vereinbarte Summe überwiesen hatte, hatte er dankend zurückgeschrieben, dass wir ruhig auch länger bleiben könnten. Denn für die nächsten 3 Wochen wäre sie auch noch frei. Zu unseren Eltern hatten wir seit Jahren keinen Kontakt mehr und unseren Freunden hatten wir absichtlich nichts gesagt, da wir endlich mal unsere Ruhe haben wollten.

Wir wollten endlich mal allein sein.
Und das waren wir ja jetzt auch.
Mutterseelenallein.

Langsam verloren wir den Bezug zur Realität.
Das Zeitgefühl verschwand und Lisa wurde immer verzweifelter.
Wenn sie schreien könnte, hätte sie es getan.
Doch niemand hörte uns.
Niemand sah uns.
Und niemand suchte uns.

Das Einzige, was wir wussten, war, dass wir UNS hatten.
Als die Vorräte ausgingen und der Strom ausfiel, saßen wir Arm im Arm vor dem Kamin und starrten in die durch den herabfallenden Schnee langsam verlöschende Flamme. Es wurde dunkel und die Kälte stellte sich ein. Lisa fror fürchterlich und drückte sich noch fester an mich. Da saßen wir nun eng umschlungen mit den dicken Klamotten unter einer Decke und warteten auf
HILFE.

In diesem Moment fielen mir folgende Worte ein:

Bis dass der Tod euch scheidet...

Allein

Bist du dir sicher?

Vorwort

Oft fühlt man sich allein, obwohl man es gar nicht ist. Doch manches Schicksal führt dazu, allein gelassen zu werden. Gefühle sind für viele Menschen fremd, Mitleid gar verpönt. Doch in unserer schnelllebigen Zeit kann man sehr bald eines Besseren belehrt werden. Und wer ist dann ALLEIN?

1. Kapitel: Träume

Endlich Sommer. Warm wird es und ich kann auf der Wiese barfuß laufen. Mit den anderen Kindern Fußball spielen und abends länger als normal draußen bleiben. An der Stimmung der Menschen kann man sehen, dass es JEDEM gut tut.
Baden gehen wird zur Notwendigkeit.

Als wir so ausgelassen im Schwimmbad herumtollten, bemerkte niemand den schwarz gekleideten Mann mit dem großen dunklen, tief ins Gesicht gezogenen Hut, mitten auf der Wiese. Er stand einfach da. Wo kam er auf einmal her? Ich bemerkte ihn erst, als ich Richard, meinem Freund, die Frisbee-Scheibe in hohem Bogen zuwarf. Sie drehte ab und er versuchte, das Ding rücklings laufend zu fangen. Dabei übersah er IHN. Ich schrie meinem Freund noch hinterher, doch es war zu spät.

Zu meiner Überraschung passierte aber nichts und Reamonn lief einfach durch diese Gestalt hindurch. Plötzlich war es so, als ob die Zeit stehen blieb. Nichts rührte sich mehr. Just in diesem Moment erhob jener Mann seine rechte Hand und zeigte auf mich. Mir stockte der Atem und ich versuchte zu fliehen, doch ich konnte meine Beine nicht bewegen. Wie wild schlug ich um mich, doch nichts half. Ich konnte nicht fliehen und schrie um Hilfe. Doch niemand hörte mich. Immer näher schritt dieser Mann in meine Richtung und griff nach mir. Er packte mich am Arm und ich spürte seine Kälte. Sogleich gefror mein Blut in den Adern. Ich hörte nur noch ein hämisches Lachen und die Kälte breitete sich aus. Dann kam die Dunkelheit und mit ihr diese Stille.

Bis auf das Schlagen einer Standuhr.
Jede Bewegung ihres Pendels ließ mich erschauern.
Tick, Tick, Tick ...
Es war nur dieses Geräusch zu hören, kurz unterbrochen alle 15 Minuten durch den Gongschlag von Westminster Abbey.
Tick, Tick, Tick ...
Sonst nichts. Es war so ruhig. So beängstigend ruhig.
Plötzlich hörte ich eine leise Stimme: „Simon, steh auf."
Ich erkannte diese Stimme, es war die meiner Mutter.
Dann wieder Stille.
„Simon, steh auf."
Doch ich konnte mich nicht rühren. Egal, was ich auch versuchte, nichts gelang. Langsam verzweifelte ich und flehte meine Mutter an: „Hilf mir bitte!"

Doch sie schien mich nicht zu hören. Da fing ich an zu weinen. Die Tränen hörten nicht auf zu fließen und wurden immer mehr. Sie flossen über mein Gesicht, meinen Pyjama, ins Bett und auf den Schlafzimmerboden. Das Wasser stieg immer mehr. Ich konnte nichts dagegen machen, nichts außer schreien. Doch das Wasser kam immer näher. Bis es mich verschlang. Mit letzter Kraft versuchte ich, Luft zu bekommen – und schluckte nur noch Wasser. Um mich herum wurde alles dunkel und ich versuchte verzweifelt zu atmen.

Doch es gelang mir nicht.

Plötzlich wurde es hell und ich bemerkte ganz benommen, dass ich nicht allein war. Vor mir stand Mrs. Lilly, die gerade die Vorhänge aufgerissen hatte.

„Junger Herr. Es ist kurz vor Mittag und Sie liegen immer noch im Bett. Ich habe Ihnen Ihr Essen auf den Tisch am Fenster gestellt. Gegen Abend komme ich wieder vorbei und schaue nach Ihnen", sprach sie und verschwand so schnell, wie sie erschienen war.

„Danke Mrs. Lilly. Bis später."

Ich versuchte, gegen die Sonnenstrahlen anzukämpfen, die mir richtig im Gesicht und auf den Augen brannten. Und langsam fror ich. Ein kalter Wind fegte durch das Zimmer. Mrs. Lilly hatte ja nichts Besseres zu tun gehabt, als das Fenster aufzureißen. Mitten im tiefsten Winter. Winter...?

Mist, gerade war ich noch im Sommer.

Wieder einer dieser Träume. Und Herumlaufen?

Von wegen.

Jetzt lag ich hier und starrte an die Decke. Schweißgebadet, verfroren und regungslos. Denn – ich kann nicht mehr laufen. Nach einem Polounfall war es aus mit dem Gehen, geschweige denn Laufen. Diagnose des Arztes: Querschnittslähmung – und da ich mit dem Kopf noch auf einen Fels aufschlug, als mich mein durchgehender Gaul mitriss, hat es mein Sehzentrum im Gehirn auch noch erwischt. Ergo: querschnittsgelähmt und blind. Na ja, wie sagte mein Vater, ein Ex-Major der Royal Army:

„Kann schon mal passieren. Ist halt kein Sport für Weichlinge."

Damit hatte er mich sofort als Nichts abgestempelt und so behandelte er mich auch. Damit musste ich mich abfinden. Nur seit dem Unfall plagten mich diese Albträume. Immer wenn ich aufwachte, ging es mir dreckiger als zuvor und mein ständiger Begleiter war das Schlagen der Standuhr. Immer wieder hörte ich dieses Ticken.

2. Kapitel: Die Standuhr

Gestatten, dass ich mich vorstelle. Der Behinderte, der laut meinem Vater zu nichts nutze ist, bin ich. Mein Name ist Simon Weasley. Ich bin derjenige, um den es in dieser Geschichte geht, oder sagen wir mal, der eine wichtige Rolle spielt. Dieser Krüppel stammt aus einem gutbürgerlichen Haus und wohnt in einer alten Villa aus dem 17. Jahrhundert, mitten in London.

Wir schrieben 1910 und hier blühte das Leben.
Tja, in London schon – aber hier nicht. Ich fand, hier roch es förmlich nach Tod. Kurz vor dem Ableben meiner Eltern hatten sie uns dieses Anwesen gekauft. Mein Vater hatte in der Armee ausgedient und es als Altersruhesitz ausgesucht. Dies war jetzt vier Jahre her und seitdem verbrachte ich mit stolzen 25 Lenzen, gefesselt an einen Rollstuhl, jeden Tag in dieser goldenen Festung. Wenn ich ehrlich bin, wiederholte sich jeder Tag aufs Neue – wahrscheinlich so lange, bis ich nicht mehr „rollte". Meine Verwandten und Freunde hatten sich abgewandt, weil sie keine weitere „Belastung" haben wollten.

Die einzige Abwechslung in meinem gar so trostlosen Dasein geschah Mittwoch und Freitag. Dann besuchte mich Mrs. Lilly, eine Ex-Angestellte meiner Eltern von unserem Wohnsitz am Lande. Sie half mir nur unter der Bedingung, nicht im Haus wohnen zu müssen, denn laut den Aussagen der Leute spukte es hier in der Villa. Da musste etwas Wahres dran sein, denn mein Vater hatte es zu einem Spottpreis bekommen. Die Geschichte erzählte, es sei das alte Slaughter House. Der Henker von London sollte hier mal gewohnt haben und die Gerüchte erzählten davon, dass er mit dieser Welt noch nicht abgeschlossen hätte. Da meine Eltern aber aufgeschlossene Menschen gewesen waren, sollten die Leute so viel reden, wie sie wollten.

Bis meine Eltern auf sonderbare Weise verstarben – denn eines Tages lagen sie seelenruhig in ihrem Bett. Unser Doktor sagte, sie seien eines plötzlichen Herztodes gestorben. Sie mussten etwas Schreckliches gesehen haben und dabei zu Tode erschrocken sein.

Wenn ich ehrlich bin, kam es mir auch manchmal vor, als wohnte ich hier nicht alleine. Aber nach all den Mitteln, die ich verabreicht bekam, hätte es mich nicht gewundert, wenn mir meine Fantasie einen Streich spielen sollte. Schon als ich klein gewesen war, hatte ich von diesem Haus gehört. Aber seit wir hier eingezogen und vor allem seit meine Eltern gestorben waren, erzählte mir Mrs. Lilly immer neue Gräueltaten. Anscheinend machte es ihr Spaß, mir Gruselgeschichten zu erzählen. Aber damit konnte sie mich nicht mehr schocken. Denn als ich noch nicht einmal gehen konnte, musste ich die Kriegsabenteuer meines Vaters anhören – in allen Einzelheiten. Deshalb hörte ich ihr nur noch halbherzig zu, aber recht viele andere Ablenkungsmöglichkeiten hatte ich nicht. Nur was immer blieb, war dieses Geräusch, das Schlagen der Standuhr.

Sie war bei unserem Einzug bereits da gewesen und mir kam es vor, als kannte ich sie schon immer. Laut unserer Zugehfrau wohnte in diesem Relikt aus grauer Vorzeit der Geist des Henkers. Solange sie schlage, wäre sein Geist darin gefangen. Doch – sollte sie eines Tages stehen bleiben, hielte ihn nichts mehr auf, sein Werk zu vollenden.

Je öfter ich diese Geschichte hörte, desto lebendiger wurde sie. In der Einsamkeit des Hauses und nach Einnahme neuer Medikamente war ich mir manchmal auch nicht sicher, was wahr und was erfundenes Schauermärchen war. Ich konnte zu meinem Bedauern ja nicht einmal mein goldenes Gefängnis verlassen. Ohne Hilfe war ich absolut aufgeschmissen. Es gab nur einen einzigen Zugang zum Haus und der bestand aus unüberwindlichen Treppen aus Stein. Mir kam es so vor, als ob mich die Außenwelt abgeschoben, abgetrennt hatte. Niemand wollte mit einem Krüppel etwas zu tun haben.

Das schöne London sah ich nur durch die Fenster und da auch nur die angrenzenden Häuser – obwohl 'Sehen' für einen Blinden ja nicht der richtige Ausdruck war. Sagen wir lieber 'Hören'. Zu meinem Glück hatte mein Vater die Villa vor seinem Tod noch behindertengerecht umbauen lassen. Der alte Lastenaufzug war für mich wieder gangbar gemacht und bei den kleinen Treppen waren Rampen eingebaut worden. Doch im Foyer wurde nichts verändert. Sobald man es betrat, spürte man die Dominanz der Standuhr. Ein Meisterwerk der Technik. Man musste sie nicht nachstellen und sie ging absolut genau. Wie nicht von dieser Welt.

3. Kapitel: Mein Haus

Ab und zu kam Dr. McSandford, ein alter Freund meines Vaters, vorbei und untersuchte mich. Er war ein netter älterer Herr, der oft mit meinem Vater Schach gespielt, aber nie auch nur ein Wort darüber in meiner Gegenwart verloren hatte. Mrs. Lilly erzählte mir einmal davon und meinte, dass er wahrscheinlich immer gegen meinen Vater verloren hatte und so in seinem Stolz gekränkt war – das Schlimmste, was einem Schotten von Adel passieren konnte. Ich gab mich damit zufrieden und beließ es dabei. Allerdings erinnere ich mich aber an einen Zwischenfall, der mich ein wenig stutzig machte. Als ich ihm bei einer Untersuchung eine anscheinend für ihn unpassende Frage stellte, verlor er irgendwie seine stetig gute Laune. Dabei fragte ich nur, wozu ich eigentlich noch Medikamente nehmen musste, wenn es mir nach seiner Aussage doch immer besser ging. Da reagierte der sonst so ruhige und lustige Doktor sehr aggressiv und fauchte mich an, ob ich seine fachliche Kompetenz infrage stelle. Sehr schnell war ich still, denn was sollte ich Krüppel schon wissen? Das ließ er mich dann auch spüren, als er mir sehr unbeholfen eine Spritze gab. Merkwürdig empfand ich nur, dass ich meist nach seinen Besuchen und der Verabreichung der Medikamente sehr lange schlief. Wie lange, konnte ich nicht sagen, denn mein Zeitgefühl schwand einfach und kam erst nach Tagen wieder zurück.

Und dann gab es noch den Colonel, Mr. Peppermint, ein alter ausgedienter Soldat und Freund meines Vaters. Mein Vater hatte erzählt, dass er „Peppie", wie er ihn nannte, einmal bei einem Einsatz in Burma das Leben gerettet hatte, als dieser von einer Gruppe einheimischer Partisanen gemeuchelt werden sollte. Peppie hatte meinem Vater am Grab versprochen, seine Lebensschuld bei mir abzugleichen und immer auf mich aufzupassen. Gut gesagt, er wurde daraufhin vom Gericht als mein Vormund und Verwalter meines Hauses notariell bestimmt, weil kein Testament gefunden worden war. Beim Colonel wusste ich nie, wie ich ihn einschätzen sollte. War er WIRKLICH ein so guter Freund meines Vaters?

Diese drei Herrschaften waren die einzigen Menschen, die ich hier im Slaughter House traf. Ich wusste, ohne ihre Hilfe wäre ich aufgeschmissen. Ich wünschte mir nur, eines Tages wieder mit eigenen Füßen die Treppe hinabsteigen zu können, um allen zu zeigen, dass es mich noch gab. Doch bis es dazu kommen würde, tröstete ich mich damit, mit meinem Rollstuhl wenigstens im Haus mobil zu sein.

Als sich eines Tages ein Vogel in mein Haus verirrte und ich versuchte, ihm hinterher zu kommen bemerkte ich, dass ich doch nicht so unbeholfen war. Wenn man will, schafft man alles. Dieser Vogel konnte es auch – warum nicht ich?
Das spornte mich an und ich erkundete immer, wenn keiner meiner Aufpasser da war, MEIN Haus.

Mrs. Lilly erzählte mir, dass der 'Slaughter' den Ruf hatte, bevor er sein tödliches Werk vollbrachte, in die Herzen der Todgeweihten zu blicken. Man sagte ihm nach, dass er sogar die widerrechtlich Freigesprochenen nachts nach der Verhandlung besuchte und ihr irdisches Dasein beendete. Niemand entkam seiner Axt. Oft genug auch bei sich daheim. Ob diese Geschichten jetzt erfunden waren oder der Wahrheit entsprachen, wusste ich nicht. Auf jeden Fall machten sie mich neugierig und ich durchforstete mein Haus jetzt noch eifriger. Ein paar Räume konnte ich durch meine Behinderung nicht erreichen, doch manchmal kam es mir so vor, als hörte ich Stimmen. Und zwar die Stimmen der drei Personen, die mir am nächsten standen. Doch als ich sie darauf ansprach, wurde dies nur als Halluzination abgestempelt. Wahrscheinlich genau so ein Hirngespinst, wie wenn ich schweißgebadet im Bett lag und die schlürfenden Schritte des Henkers die große Treppe herunterkommen hörte, im Schlepptau seine Axt, die gegen die Treppenabsätze krachte. Ganz deutlich hörte ich sein Schnaufen und immer wieder das Ticken der Uhr. Träumte ich das nur oder gab es ihn wirklich?

Da ich es langsam aufgab, diese Vorfälle den dreien zu erzählen, weil ich sowieso nicht ernst genommen wurde, musste ich selbst handeln. Denn was ich hundertprozentig wusste, war, dass ich nicht verrückt war und mir das Ganze nicht einbildete. Es gab für mich nur zwei Möglichkeiten: entweder mich langsam aufzugeben oder das Beste daraus zu machen. Mit den Jahren lernte ich, mich als Krüppel gut zurechtzufinden. Auch, als einmal das Licht ausging und Mrs. Lilly in Panik verfiel, weil sie nichts mehr sah. Da lachte ich nur, weil dieser Zustand, nichts zu sehen, für mich zur Normalität gehörte. In meinem Leben ist alles schwarz. Als ob in meinem Kopf irgendjemand das Licht ausgemacht hätte. Doch mein Gehirn zauberte im Laufe der Zeit die verschiedenen Eindrücke zu Bildern zusammen – Erinnerungen aus den Tagen, an denen ich noch sehen konnte.

Obwohl ich nicht mehr gehen konnte und nichts mehr sah, war ich nicht hilflos. Meine anderen Sinnesorgane entwickelten sich prächtig. Am Anfang meiner dunklen Odyssee bekam ich es immer mit der Angst zu tun, wenn ich irgendein Geräusch hörte und es nicht kannte. Jetzt ordnete ich sie zu. Mein Gehirn filterte die einzelnen Sequenzen und ich konnte genau sagen, wo es herkam. Egal ob eine Maus auf Futtersuche unterwegs war oder eine Motte sich im Kleiderschrank verirrte. Jeder einzelne Flügelschlag war zu vernehmen. Mein Geruchssinn war so gut, dass ich genau roch, welchen Weg Mrs. Lilly nahm, um hierherzukommen. Vernahm ich frischen Fisch, ging sie über den Markt, roch sie nach einem edlen Parfüm, testete sie wieder den Duft ihrer neuen Herrin. Oder Mrs. Lilly vergaß wieder, sich zu waschen. Igitt.

Dafür konnte sie vorzüglich kochen und ich schmeckte jede einzelne Zutat heraus. Ich liebte diese Gewürze – frisch gemahlen – und noch mehr den Wein meines Vaters. Meine Geschmacksnerven reagierten so fein auf dieses edle Getränk, dass sich die Bilder in meinem Kopf überschlugen und ich jede Einzelheit über Herkunft, Geschmack und Zusammensetzung sofort parat hatte.

Ich weiß nicht, wie ich es beschreiben soll, aber sobald ich etwas berührte, SPÜRTE ich es. Sei es Holz, Metall oder sogar Menschen. Einmal gab mir Colonel Peppermint die Hand zur Verabschiedung. Sofort durchflossen seine Gedanken meinen Körper. Ich erfühlte ihn und sah, dass er nicht das war, was er versuchte darzustellen. Mir kam es sogar vor, als ob dieser kriegserprobte Mann Angst vor mir hatte. Irgendetwas verursachte eine Furcht in ihm, die ich förmlich an seinen nassen Händen spürte. Vielleicht auch, weil er andauernd die Unwahrheit sprach. Er versuchte ständig, mich für blöd zu verkaufen. Bei schlechtem Wetter sagte er, dass strahlender Sonnenschein wäre – dabei prasselte der Regen an die Fensterscheiben. Absicht von ihm?

Inzwischen kam es mir so vor, als ob ich ALLES, was im Haus passierte, mitbekam. Auch, als mir dieser süßliche fremde Geruch in die Nase stieg. Ich konnte ihn nicht zuordnen, also begab ich mich auf die Suche. Die Quelle fand ich dann im Arbeitszimmer meines Vaters unter einem Riesenstapel Bücher. Eine alte Truhe diente als Ablage. Es dauerte Stunden, bis ich sie freigelegt hatte.

4. Kapitel: Das Puzzle

Als ich die Truhe öffnete, kam mir dieser Geruch schon entgegen und ich wühlte mich riechend durch lauter alte Klamotten. Nur: die Sachen rochen nicht danach, sondern die Truhe SELBST. Ich suchte in der Truhe, doch ich fand nichts, nur dieser Geruch wurde immer intensiver. Auch ein neuerliches Untersuchen der Truhe ergab nichts. Wütend packte ich ein Schüreisen vom Kamin und schlug auf die Truhe, bis ich hörte, dass sie zerbrach. Plötzlich spürte ich einen Luftzug, als ob jemand an mir vorbei ging. Doch da war niemand. Ich drehte mich samt Rollstuhl und wollte den Raum gerade verlassen, als ich gegen irgendetwas Hartes fuhr. Ich streckte meinen rechten Arm aus, um zu spüren, was da plötzlich vor mir war. Erschrocken riss ich meine Hand zurück. Es war die Truhe – aber intakt.

Doch als ich sie nun berührte, wurde es mir ganz anders. Ich spürte sie. Mein Körper wurde regelrecht von Informationen durchflutet. Hilfeschreie von sterbenden Menschen, deren Schicksale alle auf einmal in mich eindrangen. Unschuldige Frauen, Männer und vor allem Kinder. Mir kam es so vor, als wäre ich live dabei gewesen, als sie starben. Nur mit den Augen ihres Mörders. Mein Kopf begann fast zu explodieren, als ich die Stimme meines Doktors vernahm. Ich ließ die Truhe los und sofort brach diese Verbindung ab. Ich rief noch „Ich komme gleich" und versteckte die Truhe hinter dem angrenzenden Vorhang. Im selben Moment kam der Doc ins Zimmer hereingestürmt.

Aufgeregt kam er auf mich zu.
„Haben Sie ihre Medikamente genommen?"
„Aber sicher."
„Gut, und wie geht es Ihnen jetzt?"
Als er das sagte, legte er mir eine Tablette auf den Schreibtisch. Am Tonfall bemerkte ich, dass irgendetwas nicht stimmte und als er in meine Nähe kam, roch ich seinen Angstschweiß. Schon der Zweite... Warum nur? Haben sie etwas zu verheimlichen?

So schnell, wie er gekommen war, so schnell war er wieder verschwunden.

„Was wollte er nur?" fragte ich mich. *„Hatte er etwas anderes erwartet?"*

Denn die Medikamente, die er mir gab, nahm ich schon lange nicht mehr und mir ging es immer besser.

Diese Tablette schnalzte ich mit dem Zeigefinger in Richtung Kamin, wo auch schon die anderen lagen. Ich wartete, bis ich das Schließen meiner Haustüre hörte und widmete mich wieder dieser Truhe. Als ich sie diesmal berührte, waren die Bilder viel deutlicher und ich erkannte, dass die Opfer nicht durch den Henker zu Tode gekommen waren, sondern durch die Täter, deren Mörder. Irgendetwas musste der Henker in dieser Truhe gelagert haben, denn sie war noch irgendwie feucht und mir kam es so vor als würde sie LEBEN. Sie pulsierte richtig bei jeder meiner Berührungen. Ich spürte diese Verbindung.

Da fielen mir die Worte von Mrs. Lilly ein:

Bevor der Henker sein tödliches Werk vollbrachte, blickte er in die Herzen seiner Opfer, ob sie nicht rein waren.

Die Truhe pulsierte wie ein großes Herz. Wie gesagt, er tötete nur die mit unreinem Herzen – auch, wenn sie freigesprochen wurden.

Da wurde es mir klar. Ich leckte mir einen Finger ab, mit dem ich die Truhe berührte und meine Vermutung bestätigte sich: BLUT
Hier musste er die Herzen gelagert haben.

Dadurch wurde ich noch wissbegieriger und fragte mich, was dieses Haus noch für Geheimnisse barg und vor allem: Warum benahmen sich die drei so komisch? Ich nahm mir vor, Mrs. Lilly mehr über das Haus auszufragen, denn mir schien, sie wisse mehr, als sie sagte. Am nächsten Abend erwartete ich sie bereits in der Küche mit einer Flasche Rotwein und tausend Fragen. Ich suchte nach der Lösung des Puzzles.

5. Kapitel: Die Wahrheit

„Guten Abend."

„Guten Abend, Sir. Oh, wie ich sehe, geht es Ihnen schon besser."

Als sie das sagte, hatte sie einen Blick, der mehr erstaunt, als erfreut war.

„Also hatte der Doktor doch recht, dass Sie endlich auf dem Weg der Besserung sind."

Dabei lächelte sie so gezwungen, dass es mir schwer fiel, ihr das als Ehrlichkeit abzunehmen.

„Bekomme ich heute wieder eine dieser Gruselgeschichten zu hören?"

„Wenn Sie wollen", sagte sie beiläufig und räumte im Küchenschrank herum. Sagen wir lieber, sie verschob nervös einfach belanglos Sachen und glaubte, ich merke es nicht.

„Setzen Sie sich bitte und erzählen Sie mir bitte mehr über das Haus. Ich liebe Ihre Geschichten."

Sie setzte sich hin und ich schenkte ihr in ein vorbereitetes Glas den Wein ein. Sie war überrascht, dass ich das als Blinder so gut hinbekam. Da spürte ich auf einmal wieder diesen Luftzug, doch diesmal brachte er den Geruch von Mrs. Lilly zu mir. Ich roch richtig ihre Angst und hörte, wie sie hastig den Wein hinunterschluckte.

„Er ist gut, nur ein wenig bitter", sagte sie leise.

„Bitter? Kann ich mir jetzt überhaupt nicht vorstellen", sagte ich und nippte kurz an meinem Glas.

„Gnädigste, ich wage kaum zu widersprechen, aber er schmeckt sehr süßlich, außer..."

„Außer was?"

„Ich hoffe nicht, dass ich aus Versehen die Tablette vom Doktor in IHR Glas gegeben habe. Ich Tollpatsch wollte sie noch beim Zubettgehen mit einem Glas Wasser zu mir nehmen."

Da sprang sie auf und rannte zur Spüle, trank schnell einen Schluck Wasser und spuckte wie wild ins Becken. Unschuldig fragte ich sie, was sie wohl habe? Ob ihr schlecht sei, es war ja nur eine 'harmlose' Tablette. Da schüttelte sie nur den Kopf und ich hatte den Beweis für meine Vermutung. Mrs. Lilly hüstelte nur, hielt sich ihren Hals und schnappte nach Luft. Sie fiel zu Boden und japste nur wie ein junger Hund. Langsam rollte ich zu ihr hin und griff in meine Jackentasche.

„Es wird Zeit, dass Sie mir die Wahrheit sagen", meinte ich und hielt ihr die Tablette voller Ruß entgegen.

Sie stammelte nur: „Aber...., was....?"

„Ach, das war nur ein wenig Rhizinusöl, Ihr Magen wird sich bald entleeren. Aber vorher möchte ich gern wissen, was das Ganze soll."

Gleich ging es ihr besser, als sie erfuhr, dass es 'nur' Rhizinusöl war.

„Sie sollten verrückt und – falls das nicht helfen würde – beseitigt werden."

„Warum, wenn ich fragen darf?"

Da fing sie an zu weinen. „Ich bin unschuldig. Colonel Peppermint hatte noch eine alte Rechnung mit Ihrem Vater offen."

„Ich dachte, sie wären alte Kriegsfreunde und mein Vater hätte ihm das Leben gerettet."

„Stimmt, aber Ihr Vater hat einem Kriegsverbrecher das Leben gerettet und wusste es nicht. Als er ihm half, wollten sie ihn gerade für seine Taten lynchen. Aber Ihr Vater stellte sich vor ihn. Als Ihr Vater die Wahrheit erfuhr, mussten er und Ihre Mutter dafür sterben und..."

„Sie meinen?"

„Ja, Ihr Vater und Ihre Mutter wurden vergiftet."

„Aber der Doc sagte, sie starben an..."

„Unser lieber Doktor ist ein Komplize des Colonels. Er war in der gleichen Einheit wie er und half ihm. Sie töteten tausende Unschuldige."

Als sie das sagte, heulte sie noch mehr.

„Aber warum soll ich jetzt sterben?"

„Es ist wegen dem Schatz."

„Schatz? Welcher Schatz?"

„Ich bin schuld. Zufällig hatte ich bei einem Kartenabend mal erwähnt, dass das Gerücht umgeht, im Slaughter House liege ein Schatz – der Schatz des Henkers. Erinnern Sie sich, als ich sagte, dass er jedem Verurteilten das Wertvollste nahm und es im Haus versteckte?"

„Jetzt verstehe ich, was Sie meinen."

Ich konnte ihr aber kaum sagen, dass ich es gefunden hatte. Vielleicht log sie mich an. Sie schüttelte nur den Kopf und fuhr fort: „Ihr Vater und der Colonel stritten über diesen Schatz. Als dann Ihr Vater dem Colonel auch noch seine Vergangenheit vorwarf, war es sein Todesurteil..."

Langsam zog sie sich an der Küchentheke empor und fragte: „Wie viel Uhr ist es, Sir?"

In dem Moment ertönte achtmal der Gong der Standuhr.

„Mist Sir, dann müssen wir uns beeilen. Der Colonel und der Doktor sind auf dem Weg hierher. Denn eigentlich sollten SIE ja schon lange tot sein. Mich haben sie vorbeigeschickt, um nachzusehen, wie weit Sie mit dem Sterben sind."

Deshalb diese Angst – weil ich noch nicht tot war. Doch jetzt wollten sie mich endgültig unter die Erde bringen. So einen Krüppel umzubringen ist ja ein Leichtes.

Plötzlich fiel das Licht aus und Mrs. Lilly geriet in Panik. Ich beruhigte sie und führte sie zur Seitentür, die in den Hinterhof führte.

„Sir, was ist mit Ihnen?"

„Draußen habe ich keine Chance, da wäre ich ein leichtes Opfer, doch hier kenne ich mich aus. Vertrauen Sie mir und holen sie die Cops."

Mein Vorteil war, dass ich mein Haus in- und auswendig kannte, deshalb bewegte ich mich mit einem Küchenmesser bewaffnet zielsicher in Richtung Haustüre. Langsam rollte ich durch die Gänge und achtete auf jedes kleine Geräusch. Ich sah sie zwar nicht, aber ich konnte sie hören und vor allem riechen. Mir kam es so vor als wäre dieser feine Lufthauch mein ständiger Begleiter. In meinem

Kopf befand sich ein richtiger Lageplan von den Standorten meiner Gegner. Ich blieb am Ende des langen Ganges stehen und lauschte in die Dunkelheit.

Sie kamen getrennt. Sie suchten mich.
Ich hörte noch, wie der Doktor die Rüstungen im ersten Stock übersah und schimpfend über sie stolperte. Ganz leise hörte ich seine Flüche. Er bemühte sich, sich ruhig zu verhalten. Sonst hörte man nur das Ticken der Standuhr. Peppermint versuchte, Geräusche zu vermeiden, aber das Knistern seiner Kerze und das Klicken seines Säbels, den er um die Hüfte trug, waren dennoch zu hören. Er nutzte genau wie ich die Schläge der Uhr, um sich fortzubewegen. So war es schwierig, seinen genauen Standort zu hören. Ich wusste, meine einzige Chance war es, als Erster an die Eingangstür zu gelangen und um Hilfe zu schreien.

Als ich in der Eingangshalle ankam, blieb ich stehen und versuchte, die beiden zu orten. Doch nichts. Sie mussten entweder stehengeblieben oder zu weit entfernt sein. Plötzlich hörte ich den Pfiff eines Bobbys und erkannte meine Chance. Schnell musste ich zur Türe und erreichen, dass der Polizist mich hörte. Mit aller Kraft rollte ich zur Türe, um leider festzustellen, dass sie versperrt war. Egal, wie fest ich gegen die schwere Eisentüre trommelte, der Bobby hörte mich nicht mehr und sein Pfiff wurde immer leiser. Enttäuscht ließ ich den Kopf hängen, als ich plötzlich das Klirren des Säbels vom Colonel hörte, der langsam die Treppe herunter schritt. Auf der anderen Seite der Treppe vernahm ich das Schnaufen des Doktors. Fliehen war jetzt aussichtslos. Das wussten auch die beiden und ich hörte Peppermint nur hämisch lachen.

„Wo willst Du hin, Krüppel?", sagte er, als er auf mich zuging.
„Du hattest recht, Pepper", keuchte der Doktor und fiel fast die andere Seite der Treppe hinab.

„Das hättest Du Dir alles sparen können, wenn Du schön mitgespielt hättest. Aber Du bist genauso gutherzig und hartnäckig wie Dein Vater. Ich hätte ihn gleich in Burma umbringen sollen. Hahaha. Gleich, als er mich rausgeboxt hatte."

Da lachte auch der Doktor, der inzwischen ebenfalls den Boden erreicht hatte.

„Und den Schatz hast Du mir auch nicht gebracht. Nur eine unnütze alte Kiste", sagte er und plötzlich fiel etwas die Treppe hinab. Es war meine Truhe. Als sie unten ankam, zerbarst sie in tausend Stücke. Doch wer warf sie von der Treppe, wenn die beiden vor mir standen? Da hörte ich nur ein Lachen. Es war das Lachen einer Frau.

„Hast Du gemeint, dass ich echt die Bullen hole?"

Es war Mrs. Lilly, die jetzt im knisternden Schein einer Kerze die Treppe herunterkam. Ich hörte noch, wie sie ein Messer am Steingeländer entlang gleiten ließ. Immer näher kamen die drei und nahmen mich in die Zange.

„Vorsicht, unter seiner Decke hat er sich vorhin ein Küchenmesser mitgenommen", warnte Lilly ihre Spießgesellen.

Ich sah mich schon aufgespießt als Letzten meiner Familie hier sterben – doch plötzlich spürte ich wieder diesen Luftzug. Dann hörte ich Mrs. Lilly sagen:

„Moment mal, fällt euch nichts auf?"

„Wie, was soll uns auffallen?"

„Hört Ihr es nicht?"

Gespannt lauschten sie der Stille. „Was hast Du, man hört absolut nichts", fauchte der Colonel sie an.

„Genau das ist es ja. Die Uhr hat zu schlagen aufgehört."

Plötzlich hörte man schwere schlürfende Schritte.

„Doc, Du kannst jetzt aufhören. Der Spaß ist vorbei."

„Wieso? Ich stehe neben Dir."

Vor Schreck wurden die drei jetzt unsicher und blickten umher. Keiner konzentrierte sich mehr auf mich, sondern nur noch auf das Geräusch, das jetzt die Treppe herunterkam. Mrs. Lilly versuchte, nach hinten auszuweichen, als sie über die plötzlich wieder intakte

Truhe fiel und ihre Kerze erlosch.

„Helft mir, ich sehe nichts!"

Doch keiner von den beiden hatte Augen für die hilflose Lilly, denn dieses schlürfende Geräusch hatte jetzt den Boden der Eingangshalle erreicht. Man hörte irgendetwas Metallisches, das über den Boden gezogen wurde. Plötzlich blitzte etwas im Kerzenschein und ich hörte nur noch ein kurzes Aufschreien einer Frau.

„Lilly, warst du das?", hörte man den ängstlichen Doktor.

Nun war nur noch dieser Luftzug zu spüren und ein Zischen zu vernehmen. Dann rollte etwas über den Boden.

„Wo bist Du? Zeig Dich, damit mein Dolch Dich durchbohren kann", hörte ich den Colonel nur noch sagen, bevor dieses Zischen wieder zu hören war.

Dann kehrte Stille ein und ich spürte die Gegenwart einer mir fremden Person neben mir. Ich brachte kein Wort über die Lippen, als ich wieder diesen süßlichen Geruch vernahm, den Geruch von frischem Blut.

Plötzlich wurde die Stille unterbrochen und ich hörte den Pfiff eines Bobbys ganz in der Nähe.

Epilog

Seit diesen Tagen ging es mir viel besser. Ein Jahr später wurde ich am Rücken operiert und konnte fortan wieder gehen – endlich der Welt zeigen, dass es mich und doch noch Gerechtigkeit auf dieser Welt gab. Später sollte ein Blinder die Londoner Polizei genau dorthin bringen, wo sie jetzt ist: Eine der besten Exekutiven des Rechts auf dieser Welt und einzigartig. Was ein Krüppel nicht alles zustande bringen kann. Deshalb steht auf und macht es mir nach.

Auch ihr schafft es.

eelenfänger

VORSICHT

Schon als Kind bekommt man beigebracht, die Türe nicht zu öffnen,
wenn jemand davor steht, den man nicht kennt.
Doch dass dieser Spruch dich dein ganzes Leben lang begleitet, hat
dir niemand gesagt.

Auch hat dir keiner gesagt, welche Türe gemeint ist.
Nur – wenn es soweit ist und du sie öffnest, ist es schon zu spät.
Der Mensch ist so naiv und denkt, er sei allein auf dieser Welt.
Doch hinter jeder „Türe", die er öffnet, könnte sein Verderben liegen.
Niemand ist sicher, egal wo er sich gerade aufhält, egal was er tut.
Irgendwann öffnet jeder die falsche Türe.
Deshalb sei bereit und erwarte das Unerwartete.
Still! Hörst du nicht dieses Klopfen? Wer könnte dies sein?
Hahaha

1. Kapitel: Der Mann meiner Träume

Der Mann meiner Träume. Jeder kennt diesen Spruch, nur bei mir hat er einen bitteren Beigeschmack. Oft liege ich wach im Bett und starre an die Decke. Ich versuche, mich wach zu halten, denn sobald ich schlafe, klopft er an meine Türe. Jede Nacht der gleiche Traum, und das schon seit zehn Jahren. Langsam habe ich mich daran gewöhnt, Tabletten zu nehmen, um ja nicht einzuschlafen. Nur irgendwann fordert dies ihren Tribut und mir fällt es immer schwerer. Aber was soll ich sonst machen? ER ist schon so tief in meinen Gedanken, dass ich ihn nicht mehr loswerde.

Mein Name ist Elida Brown, ich bin 20 Jahre alt und sehe aus wie 50. Ich habe drei Jobs, um mich über Wasser zu halten, denn meine Mittel, die ich benötige, um wach zu bleiben, gibt es nicht in jeder Apotheke oder bei jedem Arzt. Extrawünsche kosten einfach mehr. Sie möchten nicht wissen, was ich schon alles unternommen habe, um an genug Geld zu kommen. Und das alles nur, weil ich als Kind zu neugierig war.

Lassen Sie mich kurz erzählen, wie es dazu kam.
Meine Mutter beherrschte die Kunst des Geschichtenschreibens und las mir als Kind immer ihre neuesten Werke vor. Sie schrieb sehr fantastische Geschichten, die mir einfach alle gefielen. Obwohl manche davon bestimmt nicht für Kinder geeignet waren, scheute sie sich nicht, mir auch diese vorzutragen. Denn wie sagte sie immer:
„Elida, es gibt im Leben schöne und nicht so schöne Seiten und es ist besser, die nicht so schönen lieber früh genug kennenzulernen."

Ich war sozusagen ihre erste Probehörerin, die dann ihren ehrlichen Kommentar abgeben durfte. Alles ging gut, bis zu diesem einen Abend, an dem das Unfassbare geschah. Niemand ahnte, dass diese eine Geschichte nicht erfunden war. Der Titel der ominösen Story lautete: „Der Seelenfänger".

Der Seelenfänger war Realität. So wirklich, dass sich mein ganzes Leben änderte, als – man ahnt es vielleicht schon – er vor meiner Türe stand und anklopfte. Wie oft hatte meine Mutter diesen Satz wiederholt:

„Öffne keine Türe, wenn Du nicht weißt, wer davor steht. Egal, WER anklopft. Egal, WANN jemand anklopft."

Doch allen Warnungen zum Trotz öffnete ich neugierig und unbedacht die Türe und ließ diesen Unbekannten herein. Seine Masche war einfach. Er nahm genau jenes Aussehen an, das man selbst als 'vertrauenerweckend' einschätzen würde. Irgendwie wusste er immer ganz genau, wie man auf Gestalten reagieren würde und welche Schwächen man hatte. Ich liebe Clowns über alles und deshalb stand plötzlich ein Harlekin vor mir. Meine Augen leuchteten und die Scheu, die ich normal gegenüber Fremden hatte, weil meine Mutter und ich sehr zurückgezogen lebten, war wie weggeblasen. Schritt für Schritt schlich er sich immer mehr in mein Denken, in mein Bewusstsein – in mein Leben.

Das Ganze beginnt sehr harmlos und man erinnert sich nur vereinzelt an diese Begegnung. Denn der erste Kontakt dauert nur Sekunden, doch dies genügt, um eine innere Lawine auszulösen. Die Gedanken an ihn werden immer mehr und steigern sich, bis man zum Schluss sein ganzes Leben nur noch auf diesen Seelenfänger fokussiert und man ihm auf Gedeih und Verderb verfällt. Dieser Vorgang kann Minuten, Stunden, Tage, wenn nicht sogar Jahre dauern. Zeit ist irrelevant, denn für ihn zählt nur das Ziel, das er erreichen will. Der Seelenfänger nimmt sich dann, worauf er es abgesehen hat: DEINE SEELE.

Der Seelenfänger lebt davon und stärkt sich mit jeder Seele aufs Neue. Kommt es so weit, bestehst du lediglich noch aus einer seelenlosen Hülle und denkst nur noch an ihn, den Mann deiner Träume. Es ist ein langes Leiden, ein langsames Dahinsiechen.

Nur diesmal hat er die Rechnung nicht mit mir gemacht, denn so weit war ich noch nicht und werde nie dahin kommen. So lange mein Lebenswille so stark ist, werde ich kämpfen. Dieses Unterfangen meines Lebens dauert jetzt schon zehn Jahre und so einfach werde ich es ihm nicht machen. Meine Mutter erwähnte früher einmal einen Satz aus einem Geschichtsbuch, den ich mir merkte. Napoleon sagte einmal:

„Die Schlacht ist zwar verloren, aber der Krieg noch lange nicht."

Sie bezog sich zwar mehr auf die Situation zu dem Zeitpunkt, als sie mit mir ganz allein auf der Straße stand und keiner uns helfen wollte, aber wie gesagt: Ich bin Kämpfen gewohnt. Dies werde ich tun, bis ich nicht mehr fähig bin, irgendetwas zu unternehmen. Möge kommen, was will.

2. Kapitel: Wie alles begann

Wenn ich so zurückblicke, hatte ich eine schöne Kindheit – wenn man in unserer Situation von 'schön' reden konnte. Mein Vater kam durch einen Unfall ums Leben und hinterließ uns nur einen Berg von Schulden. Meine Mutter und ich standen vor dem Nichts. Sie arbeitete jeden Tag und jede Nacht, damit ich meine Schule weiter besuchen konnte. Als freiberufliche Journalistin nahm sie jeden Auftrag an, der nur ein wenig Geld einbrachte. Sie arbeitete bis spät in die Nacht, nahm sich aber immer die Zeit für eine Gutenachtgeschichte. Durch diese Erzählungen flohen wir in fremde Länder, erlebten Abenteuer und machten uns dadurch das harte Leben leichter. Früher wollte ich, angeregt durch die Geschichten, eine Prinzessin werden und in einem Schloss wohnen. Doch diese Gedanken verschwanden schnell, als wir bei den Drachen ankamen und ich bemerkte, dass diese Königstöchter stahlen. Da wollte ich lieber gegen Monster oder Ähnliches kämpfen, bis zur nächsten Nacht. Doch eine Geschichte war etwas Besonderes. Seit jenem Abend, als meine Mutter mir davon erzählte, konnte ich an nichts anderes mehr denken. Egal, mit welcher Geschichte Mutter am nächsten Abend ankam, alle verschwanden aus meiner Erinnerung und nur die eine blieb zurück: „Der Seelenfänger".

Als Kind denkt man sich die sonderbarsten Dinge aus und ich stellte mir vor, dass dieser Seelenfänger einfach die anderen Geschichten auffraß. Zuerst dachte ich mir nichts dabei, denn manche Geschichten fesseln einen einfach. Nur bei dieser war alles anders. Meine Mutter bemerkte es zuerst und dann wurde es mir bewusst. Dieser Seelenfänger veränderte mein ganzes Leben und sogar mich selbst. Noch am gleichen Abend, als sie es bemerkte, setzten wir uns zusammen und meine Mutter fragte mich ganz genau aus, was mit mir los sei, denn irgendwie kam ich ihr immer eigenartiger vor.

Ich erzählte ihr von meinen Träumen und vom Seelenfänger. Zuerst wusste sie nicht, ob sie jetzt lachen sollte oder nicht, denn laut ihrer Aussage war diese Geschichte nur ein Resultat ihrer Gedanken.

Eine von ihr erfundene Geschichte, die seit langem schon in ihrem Kopf herumgespukt hatte. Sie versprach aber, mit mir zu einer Ärztin zu gehen, um die Sache näher zu untersuchen, denn sie könne sich keinen Reim darauf machen. Dann wurde ihr langsam bewusst, dass sie der Auslöser war, warum ich nicht mehr schlafen konnte und ich sah ihr an, dass sie damit Probleme hatte. Ganz wirr irrte sie im Zimmer herum. So kannte ich sie nicht, denn normal war sie eine ganz ruhige Persönlichkeit. Plötzlich blieb sie stehen und ich sah ihre Tränen. Zuerst wollte sie sie vor mir verstecken, aber als ich hinter ihr stand und sie in den Arm nahm, weinten wir beide. Bis auf einmal das Telefon klingelte und sie wie ausgewechselt war. Schnell rannte sie in die Küche und griff nach dem dort befindlichen Hörer.

Da ich wusste, dass solche Gespräche meiner Mutter meist länger dauerten, ging ich ins angrenzende Wohnzimmer und sah mir eine dieser Soap Operas im Fernsehen an. Durch die halboffene Türe sah ich meine Mutter in der Küche herummarschieren und immerzu nicken. Mich interessierte zwar nicht, was da in der Glotze lief, aber zum Abschalten kam es ganz recht. So nach gut zwanzig Minuten riss meine Mutter die Verbindungstüre auf und kam freudestrahlend auf mich zu.
„Schatz, alle unsere Probleme sind fürs Erste gelöst."
Fragend blickte ich sie an und drückte auf die „Mute"-Taste, um sie zu verstehen.
„Ein Verlag hat meine Geschichten genommen."
Sie war so glücklich, dass ich mir schwor, meiner Mutter keine Schwierigkeiten mehr zu machen. Denn das Schlimmste für mich war, meine Mutter zum Weinen zu bringen. Das würde nie mehr geschehen. Was ich nicht wusste, war, wie schlecht es ihr ging. Doch dazu später.

Die Jahre vergingen und meine Mutter wurde berühmt. Ihre Geschichten waren der Renner. Überall auf der ganzen Welt kannte man sie und sie hatte kaum noch Zeit für mich, ihre einzige Tochter. Sie lebte in ihrer eigenen Welt. Es war egal, ob sie daheim war oder auf Reisen, ich sah sie einfach nur noch ganz kurz. Wenn sie da war, sperrte sie sich in ihr Arbeitszimmer ein und schrieb den ganzen Tag. Dieser Druck, immer wieder etwas Neues auf den Markt bringen zu müssen, tat ihr nicht gut und sie magerte immer mehr ab. Nicht einmal zum Essen hatte sie Zeit und immer, wenn ich ihr etwas vor das Zimmer stellte, konnte ich es am nächsten Tag wieder mitnehmen, weil sie es nicht angerührt hatte. Den Spaß am Schreiben hatte sie genauso verloren, wie den Bezug zur Realität. Langsam lebte sie nur noch zwischen den Gestalten, die sie erschuf und erkannte niemanden mehr. Ihrem Verleger war das egal – Hauptsache, die Absatzzahlen stimmten. Zu Thanksgiving ist es dann passiert. Sie verließ mich und sprang von den Klippen, weil sie dachte, sie könne fliegen.

So war ich wieder allein. Allein? Nicht ganz, denn nachdem meine Mutter mich verlassen hatte, kam ER wieder zurück. Ich hatte ihn schon fast vergessen und gehofft, er würde nie mehr wiederkehren. Genau zu dem Zeitpunkt, als ich das erste Mal mit meiner Mutter über ihn gesprochen hatte, verschwand er plötzlich aus meinem Leben und ward nimmer gesehen, geschweige denn gehört. GEHÖRT – ja genau, denn diesmal gab er sich nicht nur visuell zu erkennen, sondern sprach jetzt auch mit mir. Ich antwortete ihm nicht und tat so, als ob ich ihn nicht hören würde. Dies wiederholte sich jeden Tag, bis ich plötzlich eine mir vertraute Stimme hörte:
„Elida, Elida! Hörst Du mich?"
Verwundert blickte ich umher, da ich nicht wusste, wo diese Stimme herkam. Ich konnte es kaum glauben, aber es war die Stimme meiner Mutter.
„Mutter, wo bist Du?"
„Bei ihm."
„Bei IHM?" fragte ich verwundert.
„Ja, trau ihm nicht!"

So schnell wie sie erschienen war, verschwand sie auch wieder. Doch als ich ihren Namen rief, bemerkte ich, dass ich keine Luft mehr bekam und verzweifelt versuchte, mich irgendwie zu rühren. Ich wusste nicht, warum, aber ich konnte mich keinen Zentimeter bewegen und je mehr ich es versuchte, desto schwerer fiel mir das Atmen. Jetzt war ich in der absoluten Dunkelheit und bemerkte, wie mir der Schweiß herunterlief. Mir kam es so vor, als ob ich unter einem Wasserfall stand und war triefnass. Müde und erschöpft schlief ich ein.

Ich weiß nicht, wie lange ich geschlafen hatte, aber als ich mein tropfnasses Bett unter mir spürte, wusste ich, dass dies alles wieder ein Traum gewesen war. So ging es Tag für Tag und Nacht für Nacht. Jedes Mal hoffte ich, noch ein Lebenszeichen meiner Mutter zu bekommen, aber das Warten war erfolglos. Im Gegenteil, der Reihe nach verlor ich alle Hinterlassenschaften meiner Mutter. Der 'Globe' schrieb in einem Nachruf über sie, dass sie ein „Fixstern am Literaturhimmel" gewesen wäre, der leider schnell am Ruhm zerbrochen und erloschen war. Im Artikel stand dann, sie wäre verrückt geworden und hätte Selbstmord begangen. Doch da musste ich den Redakteur leider enttäuschen, denn meine Mutter liebte das Leben und war sicher nicht freiwillig von uns gegangen – das hatte andere Gründe...

Meine schulische Karriere musste ich leider unterbrechen, weil kein Geld mehr da war und zu meinem Glück fand ich einen Job als Kellnerin. Geld – das war das Hauptthema, das mich seitdem wie das Schwert des Damokles verfolgte. Ich schuftete Tag und Nacht und hielt mich mit Aufputschmitteln über Wasser. Jeder wunderte sich über mich, aber wenn sie gewusst hätten, wie es in mir aussah, hätte sich jeder schnell von mir abgewendet. Denn ER war zurück und bestimmte mein ganzes Leben. Sobald ich meine Augen schloss, betrat ich sein Reich und dies zehrte an mir. Immer mehr stand ich in seinem Bann und immer aufs Neue wiederholte sich das gleiche Spiel. Langsam vermischte sich die Realität mit dieser Traumwelt. Es ging so weit, dass Buchstaben und Bilder verschwammen und er als Titelheld erschien, wenn ich in einer kurzen Arbeitspause mal schnell einen Blick in die Zeitung warf. SEINE Geschichte war dann zu lesen. Das Gleiche wiederholte sich im Fernsehen bei den Nachrichten, in denen sich dann nur noch alles um ihn und sein Reich drehte. Die Gedanken in meinem Kopf waren völlig wirr und es kostete mich jedes Mal sehr viel Kraft, mich abzulenken. Doch eines verwunderte mich: Mir kam es so vor, als ob er nur mir erschien und das zehrte an meinen Nerven. Immer mehr zweifelte ich an meinem Verstand.

3. Kapitel: Das Reich des Seelenfängers

Der Seelenfänger weiß ganz genau, wie er dich um den Finger wickeln kann. Jeder Mensch hat eine Schwachstelle und diese nutzt er rigoros aus: Jenen wunden Punkt in einem Herzen, wo jeder Mensch nicht mehr vor der Frage steht, ob es richtig oder falsch ist, sondern einfach nur nachgibt. Denken Sie nur mal daran: Jeder weiß, dass Wölfe gefährliche Raubtiere sind – doch bei den Welpen dazu wird jeder weich. Oder wenn Kinder weinen, ist man so weit, sie in den Arm zu nehmen – selbst dann, wenn sie gerade einen kaltblütigen Mord begangen haben. Denn Kinder wissen ja nicht, was sie tun... Sind Sie sich da ganz sicher?

Der Eintritt in sein Reich geschieht genau hier. Er ist da, wenn man ihn braucht. Er hält dich fest im Arm, wenn du eine Schulter zum Anlehnen dringend benötigst. Blickst du ihm dann einmal in die Augen, ist es um dich geschehen. Er klopft an deine „Tür", egal, zu welcher Zeit, egal, an welchem Ort. Der Seelenfänger weiß, wann du ihn brauchst, denn er ist schon lange da und du hast es nicht einmal bemerkt. Sein Reich ist eine Parallelwelt, die man als Normalsterblicher nie zu sehen bekommt – außer ER will es so. Je öfter du sein Reich betrittst und je tiefer du darin eindringst, desto mehr verlässt du die reale Welt. In seiner Welt gibt es Verführungen, die so gewaltig sind, dass man nie nein sagen kann. Hier gibt es alles, was man sich vorstellen kann. Doch niemand weiß, dass diese 'schöne' Welt bereits jeder in sich trägt. Der Seelenfänger gibt dir alles, was du dir wünschst, nimmt sich aber auch alles, nur man bemerkt es zunächst nicht. Dein Tun, dein Schaffen wird von ihm bestimmt, bis du sein willenloser Sklave bist und...

Nur daran möchte niemand denken – oder besser SOLLTE niemand denken. Er vereinnahmt seine Opfer so sehr, dass man nicht mehr weiß, was man tut, sei es noch so absurd. Und wenn er dich nicht mehr braucht, dann darfst du dich selbst entsorgen und er hat das, was er will: DEINE SEELE.

Doch so weit ist es mit mir noch lange nicht. Denn inzwischen habe ich einen Weg gefunden, seinen Fängen zu entkommen – sagen wir lieber, die Zeit ohne Träume zu verlängern. Denn der Punkt, an dem er dich zu fassen bekommt, ist der Zeitpunkt, wenn du anfängst zu träumen.

Die Aufputschmittel aus der Apotheke hatten nicht mehr den gewünschten Erfolg gebracht, deshalb hatte ich mich auf die Suche nach etwas Stärkerem, länger Anhaltendem, begeben – und ich fand, wonach ich suchte. Im Internet stand ganz versteckt die Anzeige einer Pharmafirma, die Testpersonen für ein neues Schmerzmittel suchte. Ich meldete mich an und wurde prompt genommen. Komisch war nur, dass ich von den anderen Test-personen nie ein Gesicht zu sehen bekam und im Internet Gerüchte kursierten, dass diese Firma über Leichen ging. Doch das alles war mir egal, solange ich bekam, was ich wollte. Alles verlief zufriedenstellend und mein mir zugewiesener Arzt wunderte sich nur, dass mir die einzige Nebenwirkung dieses Mittels absolut nichts ausmachte, sondern mich zum Lachen brachte – immer, wenn er nachfragte, ob alles in Ordnung wäre. Diese 'kleine' Nebenwirkung kam mir gerade recht – man konnte nämlich nicht mehr schlafen. Herrlich. Deshalb ließ ich auch alle möglichen Untersuchungen zu, bis die Testreihe plötzlich gestoppt wurde. In der Presse erfuhr ich dann, dass es mehrere Todesfälle gegeben hatte und die Firma diese Versuchsreihe sofort abbrechen musste. Für mich brach eine Welt zusammen und ich versuchte mit allen Mitteln, wieder an die Arznei zu kommen. Denn ohne sie würde ich mich dem Zorn des Seelenfängers aussetzen. Inzwischen hatte er nämlich mit-bekommen, was ich machte und ich spürte richtig seine schlechte Laune. So einfach war es nicht, ihn loszuwerden und ich ging mal davon aus, dass er dies bestimmt auch nicht wollte. Nach langem Bitten und Betteln fand ich doch jemanden in der Pharmafirma, der mich für gutes Geld mit meinem „Lebensretter" eindeckte. Nur was passieren würde, sollten meine Reserven einmal aufgebraucht sein – daran wollte und will ich bis heute nicht denken...

4. Kapitel: Begegnung

Nichts bekommt man auf dieser Welt umsonst.

Nicht einmal der Tod wird dir geschenkt.

Diese Sprüche bekamen bei mir ihre eigene Bedeutung, die niemand meiner Mitmenschen verstehen würde. Mein Körper litt sichtbar unter den Medikamenten und es war nur eine Frage der Zeit, bis...
Dies erkannte auch der Seelenfänger und eines Tages besuchte er mich auf eine vollkommen andere Weise.

Dienstag Abend.
Ich musste mich beeilen, denn ich war wie immer spät dran. Nur noch schnell unter die Dusche, umziehen und gleich wieder ins Theater starten. Als Garderobiere sollte man pünktlich noch vor der Vorstellung erscheinen. Da es nicht das erste Mal war, nahm alles seinen gewohnten Gang und ich kam gut eine halbe Stunde vor Beginn der Vorstellung an. Heute stand „Faust" auf dem Programm und wir waren ausverkauft. Die Vorstellung lief bereits und ich fand Zeit, mich kurz hinzusetzen und durchzuschnaufen. Es war wieder einer dieser Tage, an dem alles im Schnelldurchlauf passierte. Ich hetzte von Termin zu Termin und fand kaum ein paar Minuten für mich. Was andererseits wieder gut war, denn über mich und mein Leben nachzudenken, bereitete mir keine Freude. Beim Aufhängen eines der Mäntel bemerkte ich, dass in einer Seitentasche eine Zeitung hervorstand und genau diese holte ich mir, um ein wenig abzuschalten. Ich legte sie mir großflächig auf den Tresen und wunderte mich nur, mit welch grausigen Meldungen der Mensch bei Laune gehalten wurde. Ganz vertieft durchforstete ich das Weltgeschehen, als plötzlich ein Mann vor mir stand, gut gekleidet und seinen Rock über dem Arm. Ich dachte mir nur:

„Bestimmt wieder einer dieser Zuspätkommer..."

„Darf ich kurz stören?", richtete er das Wort an mich. Sofort ging ich in Habachtstellung und nahm mit einem Lächeln seinen Mantel entgegen. Ich riss eine Marke ab und reichte sie ihm.

„Danke", sagte er und lächelte. Dann blickte er nur auf die vor ihm liegende Zeitung und schüttelte den Kopf.

„Zwei Welten treffen aufeinander. Sie arbeiten hier in einem Tempel der Kunst und lesen so ein Schmierblatt, dass dem Menschen nur seine niedrigen Bedürfnisse wie in einem Spiegel vorhält." Dabei lachte er und wollte sich schon umdrehen, als ich die Zeitung kurz hochhob und ihm meine WIRKLICHE Lektüre zeigte. Darunter kam nämlich Kafka zum Vorschein und er nickte nur zufrieden.

„Sie sollten noch warten. Der erste Akt ist in zwei Minuten vorbei. Da versäumen Sie nicht viel."

„Oh, danke. Sie kennen sich gut aus."

„Wenn man hier eine Zeit lang arbeitet, bekommt man so manches mit. Aber wenn ich ganz ehrlich bin, ist diese moderne Art von Faust nicht so meins."

Neugierig drehte sich der freundliche Herr um und stützte sich am Tresen ab. Dann hielt er den Zeigefinger vor seine Lippen und sprach: „Wenn Sie mich nicht verraten, erzähle ich Ihnen ein Geheimnis. Meins ist es nämlich auch nicht. Aber ich habe eine Freikarte geschenkt bekommen. Der Regisseur des Stückes schreibt bei mir Romane und wollte mir einen Gefallen tun."

„Sind sie Verleger?"

„Ja. Oh, entschuldigen Sie, ich habe mich noch nicht vorgestellt: Wendel von Richthoff, seines Zeichens Verleger."

Als er das sagte, reichte er mir die Hand mit einem Hofknicks. Er schien Humor zu haben.

„Danke. Mein Name ist Elida Brown, ihres Zeichens Garderobiere." Und er küsste meine entgegengestreckte Hand. Plötzlich erhob er den Kopf und lachte wieder.

„Welch Zufall, genau heute sprach ich mit einem Kollegen über eine Autorin gleichen Namens. Sie sind nicht zufällig mit Theresa Brown, der Schriftstellerin, verwandt?"

„Nur namensverwandt. Aber ich habe von ihr gehört."

Verstohlen zog ich meine Hand zurück, begann die Zeitung wieder zusammenzulegen und steckte sie zurück in die Seitentasche.

„Schade. Ein tragischer Verlust für die Literatur. Sie war eine meiner besten Autorinnen und hatte noch so viel vor. Bei ihr konnte man sich darauf verlassen, dass immer was Neues kam. Ihr gingen nie die Ideen aus. Bis zu ihrem letzten Werk, dem „Seelenfänger".

Vor Erstaunen riss ich meine Augen auf und fragte nach:

„Der „Seelenfänger"?"

„Ja genau, der „Seelenfänger". Ein wunderbares Buch."

„Wie kommen Sie auf 'Buch'? So viel ich weiß, gab es nur eine Kurzgeschichte, die so hieß."

„Da täuschen Sie sich. Ich hatte selbst das Manuskript in der Hand und weiß es noch wie heute, als sie damit mein Büro betrat."

Dann stockte er kurz, wurde nachdenklich und sprach.

„Es war ganz sonderbar, denn eigentlich wollte sie es mir nicht geben. Es war nämlich sehr persönlich geschrieben. In dem Buch beschrieb sie ihren eigenen Tod und den ihrer zu dem Zeitpunkt imaginären Tochter. So viel ich weiß, hatte sie im wirklichen Leben keine Kinder. Und falls doch, dann hielt sie es sehr geheim. Was wiederum sehr verständlich war, bei dem Ruhm, der ihr zuteil wurde."

Dann wurde er ganz nachdenklich.

„Ich schätze, wenn sie eine Tochter gehabt hätte, wollte sie das Mädchen bestimmt schützen und wenn ich mich so erinnere, wollte Theresa nie über dieses Thema sprechen."

Als ich das hörte, wollte ich schon sagen, dass es diese Tochter gibt, doch ich hielt mich lieber zurück und fragte nach.

„Aber was ist daran sonderbar? Sie hat doch viele Geschichten geschrieben. Was steht jetzt so Besonderes im „Seelenfänger"?"

Prompt kam die Antwort: „Kann ich nicht sagen."

„Wie, Sie können es nicht sagen? Ich habe gedacht, sie hätten das Manuskript in den Händen gehabt."

„Theresa musste ganz verwirrt gewesen sein, denn in der Mitte befanden sich einfach nur weiße, leere Seiten."

„Stimmt, das ist mehr als sonderbar", antwortete ich erleichtert und atmete tief durch.

„Und wie viele Seiten hat es insgesamt, wenn ich fragen darf?"
Ganz in Gedanken versunken antwortete er nur:
„666 – das weiß ich noch."

Weiter kamen wir aber nicht, da die Pause begann und Leute den Vorraum füllten. Schnell war dieser Verleger in der Menge verschwunden. Ich hätte mich zu erkennen geben können, aber im Nachhinein war es besser, im Gedenken an meine Mutter nichts zu sagen.

5. Kapitel: Das Buch

Am nächsten Tag betrat Wendel von Richthoff froh gelaunt sein Büro, setzte sich hin und fing langsam an, wie jeden Tag seine Post durchzuarbeiten. Doch irgendwie ging ihm das Gespräch mit dieser Garderobendame nicht aus dem Kopf und er hatte das Gefühl, ihr Gesicht vorher schon mal gesehen zu haben. Er legte den Kugelschreiber aus der Hand und lehnte sich nachdenklich zurück. Normal konnte er sich auf sein Gedächtnis verlassen, denn das war eigentlich seine Stärke. Er überlegte und überlegte, kam aber nicht darauf. Da fiel ihm plötzlich ein, dass es um ein Buch ging, das halb fertig in seinem Tresor lag. Ein halbfertiges Skript mit teilweise leeren Seiten von einer toten Künstlerin. Richthoff stand auf, öffnete das Schließfach und holte einen kaputten Schuhkarton hervor. Bei dessen Anblick erinnerte er sich an die Dame, die ihm dieses Meisterwerk in einem alten, kaputten Schuhkarton präsentierte. Sie war schon länger für seinen Verlag erfolgreich tätig gewesen und eigentlich sehr akkurat, aber eine solche Art der Präsentation hatte er bis dato nicht von ihr gekannt. Er nahm den Karton und stellte ihn auf seinen Schreibtisch. Neugierig öffnete er den Deckel – und dort sah er ihn:
SEELENFÄNGER.

Er nahm es heraus und wunderte sich, dass die leeren Seiten verschwunden waren. Egal, von welcher Seite er dieses zusammengebundene Bündel an Blättern durchzählte, es war nichts mehr zu entdecken. Von vorne nach hinten und von hinten nach vorne. Verwundert schlug er das Inhaltsverzeichnis auf und musste feststellen, dass sich auf irgendeine Weise die Geschichte geändert hatte. Es schien, als sei ein Kapitel hinzugekommen. Der Titel lautete: „Der Tod der Garderobiere".

Gespannt, was er da wohl finden würde, blätterte er sofort auf jene gewissen Seiten. Plötzlich sah er ein Foto und erschrak fürchterlich. Er wich zurück und ließ das Buch fallen. Auf dem Foto sah er die Dame, die er gestern im Theater traf – Elida Brown. Der Verleger wusste genau, dass dieses Bild und dieses Kapitel sicher nicht in dem Buch gewesen waren, als er es das letzte Mal in Händen gehalten hatte.

Neugierig begann er, dieses neue Kapitel zu lesen und wunderte sich, dass er genau das las, was er erst einen Tag zuvor erlebt hatte. Es schien, als beschrieb dieses Kapitel das Geschehene und die Zukunft. Er konnte sich keinen Reim darauf machen und wie automatisch griff er nach dem Telefon. Richthoff wies seine Sekretärin an, ihm die Adresse von Elida Brown zu besorgen. Er konnte kaum die Augen von den Zeilen nehmen und dieses Buch vereinnahmte ihn total. So bekam er auch nur entfernt mit, dass ihm seine Angestellte die gewünschte Adresse zusteckte. Schnell verließ sie wieder das Büro, als sie sah, dass ihr Chef sie kaum registrierte und einen seltsam starren Blick hatte. Ganz angespannt saß er in seinem Sessel und fraß richtig jede Zeile. Als er zum Ende kam, wurde er ganz still, klappte die Seiten wie in Trance zu und wollte sie gerade in die schäbige Schachtel zurücklegen, als sich die Buchstaben der ersten Seite veränderten. 'SEELENFÄNGER' verschwamm in einer dunklen Wolke und diese löste sich langsam auf. Zwei tief nach unten blickende geschlossene Augen kamen zum Vorschein und als sie vollständig sichtbar waren, öffneten sie sich langsam. Diese schwarzen Augen hatten nichts Gutes im Sinn und zogen Richthoff richtig in ihren Bann. Sein Blick erstarrte noch mehr und seine Augäpfel verschwanden in einem seltsamen Nebel. Als dieser sich lichtete, hatte der Verleger den gleichen bösen Blick und die gleichen schwarzen Augen wie das Cover von „Seelenfänger".

Von Richthoff zwinkerte, schüttelte den Kopf und griff nach dem Telefonhörer. Als er die Stimme seiner Sekretärin hörte, verschwanden die schwarzen Augen, sein Blick wurde wieder normal und er sprach: „Ich nehme mir heute Nachmittag frei. Verschieben Sie bitte alle meine Termine auf einen späteren Zeitpunkt". Dann stand er auf, legte das Skript wieder in die Schachtel, blickte es an und erkannte, dass die Augen auf dem Cover wieder verschwunden waren und nur noch der eigentliche Titel zu sehen war. SEELENFÄNGER. Nur diesmal nicht in Schwarz geschrieben, sondern in einem ganz frischen Blutrot. Als er die Schachtel schloss, hörte man im Hintergrund ein leises diabolisches Lachen.

Der Seelenfänger hatte ein neues Opfer gefunden – nur diesmal diente es seiner Rache. Denn jetzt fand er einen Weg zu Elida, der er jahrelang nichts anhaben konnte. Der Verleger sollte nun sein Werkzeug sein, bis zu seinem Tod. Seine Marionette, die er benutzen konnte, um das zu erreichen, wozu er in unserer Welt selbst nicht fähig war.

Werner von Richthoff packte den Karton und warf ihn beim Hinausgehen seiner Sekretärin auf den Tisch.
„Hier, sagen Sie den Lektoren, ich möchte es MORGEN fertig in der Druckerei haben. So schnell wie möglich, bei doppeltem Gehalt."
Erstaunt nahm sie den auseinanderfallenden Karton und griff mit der anderen Hand nach dem Telefon. Mit starrem Blick schritt der Verleger aus dem Büro und man sah nur noch den Zettel mit Elidas Adresse aus seiner linken Hand hervorschauen. Doch davon wusste Elida nichts. Denn wenn sie geahnt hätte, dass der Verleger auf dem Weg zu ihr war, um ihr etwas anzutun, hätte sie bestimmt nicht seelenruhig ihre Wohnung geputzt.

6. Kapitel: Hellhörig

Diese freien Minuten nutzte Elida, um von der harten Arbeitswelt in ihr friedvolles Reich, auch Zuhause genannt, einzutauchen. Durch die richtige Musik waren so ein Hausputz und ihre Gedanken viel leichter zu ertragen. Sie segelte richtig im Rhythmus von „I`m Sailing" durch die Wohnung. Damit niemand im Haus durch ihre gute Laune gestört wurde, hatte sie Kopfhörer aufgesetzt und nur ihr Mitsummen/Mitsingen war zu hören. Einerseits bekam so fast niemand mit, was sie und mit welcher Lautstärke sie ihre Musik hörte, andererseits bekam auch sie absolut nichts von ihrer Umwelt mit. Auch nicht das Klopfen an ihrer Haustüre, das vehement immer lauter wurde. Es war Werner von Richthoff, der unbedingt in ihre Wohnung wollte. Als sie nach fünf Minuten noch nicht öffnete, trommelte er wütend gegen die Türe. Immer aggressiver wurde er und sein Pulsschlag stieg unaufhörlich in die Höhe. Sein Kopf lief rot an und er schnaubte wie ein wilder Stier. Als Elida immer noch nicht reagierte, schrie er gegen die verschlossene Türe und beschimpfte sie.

Dies schien anscheinend jetzt auch den Nachbarn zu viel zu werden und nacheinander öffneten sie neugierig ihre Wohnungstüren. Eine tiefe, sonore Stimme ertönte auf einmal aus dem dunklen Gang hervor:
„Hey Mann! Was wird das, wenn Du fertig bist?"
Zustimmend unterstützten die anderen Bewohner seine Frage mit einem einstimmigen „GENAU!".
Wütend schrie von Richthoff nur zurück:
„Verschwindet einfach! Das geht Euch nichts an. Kümmert Euch um Euer eigenes sinnloses Leben, Ihr Versager!"
Dabei lachte er nur höhnisch, denn er befand sich hier in einer Gegend, in der die meisten der Bewohner arbeitslos waren.
„Hey Alter, Du weißt schon, dass Du Dir hier etwas einfängst mit solchen großkotzigen Worten?!"

Langsam näherte sich dieser Nachbar von ganz hinten und bei jedem Schritt von ihm bebte der Boden. Als er dann aus dem Zwielicht auftauchte, hätte Werner von Richthoff besser den Mund gehalten, denn mindestens 150kg Lebendgewicht mit mieser Laune sind nicht gerade der beste Ausgangspunkt für ein Gespräch. Der Rest der Nachbarn verschanzte sich hinter diesem Riesen und man hörte sie lauthals schimpfen. Doch unbeirrt von dem, was da auf ihn zukam, trommelte der Verleger gegen Elidas Türe. Als von Richthoff bemerkte, dass sich etwas ziemlich Großes hinter ihm befand, hielt er inne und drehte sich langsam um. Vor ihm stand jetzt dieser dunkelhäutige, schlechtgelaunte, leicht verschlafene Hüne von einem Mann, der gerade lieber schlafen wollte, als sich um diesen Ruhestörer kümmern zu müssen. Jeder vernünftige Mensch hätte jetzt besser versucht, heil aus dieser misslichen Lage zu kommen, doch von Richthoff war in jenem Moment alles andere als das. Als er diesen riesenhaften Kerl vor sich sah, lachte er ihn nur aus und fühlte sich so stark. Er benahm sich, als stünde er unter starken Drogen. Dies nahm sein Gegenüber natürlich zur Kenntnis und reagierte darauf, indem er seine rechte Faust wütend in seine andere Handfläche schlug.

„Sag mal, Kleiner, weißt Du eigentlich, wo Du hier bist?"

„Ich schätze im Zoo – so, wie Du aussiehst."

Als der Verleger das sagte, lachte er laut und zog dadurch nur noch mehr Zorn auf sich.

Jetzt verstanden die Nachbarn keinen Spaß mehr. Von dem Moment an sah sich von Richthoff nicht nur einem aufgebrachten und zu allem fähigen Gegner gegenüber, sondern gut zehn weiteren durchtrainierten, dunkelhäutigen Männern. Als der Verleger sie mit Affenlauten noch mehr zur Weißglut brachte, fiel plötzlich das Licht aus und man sah nur noch zahlreiche weiße Augen funkeln. Ein diabolisches Lachen war im Hintergrund zu hören und eine klirrende Fensterscheibe. Als dann ein dumpfer Knall ertönte, gingen die Nachbarn wieder zurück in ihre Wohnungen und alles schien so, als wäre nie etwas geschehen.

Von alledem hatte Elida nichts mitbekommen. Als sie nach beendeter Hausarbeit ihren Kopfhörer ablegte, herrschte eine seltsame Ruhe im Haus. Nur als sie ihre Türe öffnete, um die Mülltüte davor zu stellen, wie sie es stets machte, um sie dann das nächste Mal mit nach unten zu den Tonnen zu nehmen, lag plötzlich ein Zettel davor. Überrascht hob sie ihn auf und blickte in den Hausgang, ob vielleicht jemand in der Nähe wäre, aber niemand war zu sehen. Sie merkte nur, dass anscheinend zum wiederholten Male das Treppenlicht nicht ging. Daraufhin stellte sie ihren Müllbeutel ab und schloss die Türe hinter sich. Sie konnte sich keinen Reim darauf machen, denn auf dem Zettel standen ihr Name und ihre Adresse: Elida Brown, 13th Hemingwaystreet, Bronx N.Y.

Sie dachte sich nichts weiter dabei und ging ihrer nächsten Arbeit nach. Die nächsten Tage verliefen so, wie die davor. Sie hatte gelernt, nicht zu viel nachzudenken, denn das ließ sie grübeln und dies konnte gefährlich für sie werden. Ein paar Tage später geschah jedoch etwas, dem sie mehr Aufmerksamkeit schenken sollte. Wie immer war sie spät dran und raste von einer Arbeit zur nächsten. Bei einem kurzen Zwischenstopp daheim lief alles zunächst wie gewohnt ab. Schnell zog sie sich um und ließ den Fernseher im Hintergrund laufen. Elida war so beschäftigt, dass sie die News nur halbherzig mitbekam:

Ein Buch erobert den Markt.
Von der verstorbenen Schriftstellerin Theresa Brown wurde ihr letztes Werk jetzt posthum veröffentlicht:

SEELENFÄNGER

Spieglein, Spieglein

INTRO

Spieglein, Spieglein an der Wand
Oftmals wirst du so sehr verkannt.
Der Wahrheit bleibst du immer treu.
Zeigst Freude, Liebe und Abscheu.

Spieglein, Spieglein an der Wand
Manch einer hat sich abgewandt.
Sein eigenes Ich nicht mehr verstehen.
Die Schmach, sich selber hier zu sehen.

Spieglein, Spieglein an der Wand
Das Böse hat dich schnell verbannt.
Siehst du die Tränen, die jetzt fließen
Satans Weg heißt Blut vergießen.

Spieglein, Spieglein an der Wand
Der Dämon hat es längst erkannt.
Ein Blick genügt, nur kurz verharren.
Sein Antlitz wird zu Stein erstarren.

1. Kapitel: Der Fremde

Wie muss man sich fühlen, wenn man gerade 50 Menschen kaltblütig umgebracht hat? Vor dieser Frage stand ich, als mir der Fall Minjard zugeteilt wurde. Meine Aufgabe bestand darin, aus dieser kranken Psyche zu lernen.

Mein Name ist Sinard Bloomsted und ich bin Psychoanalytiker des Polizeipräsidiums von Oslo. Manche würden mich Profiler heißen, ich nenne mich lieber 'Aufräumer des Abschaums der Menschheit'. Die Bosheit, die ich in meinen Akten wiederfinde, ist ein Abbild der Grausamkeit unserer Gesellschaft. Denn solche Auswüchse wie Olaf Minjard sind nur die Spitze des Eisbergs. Sie sind diejenigen, die im Mittelpunkt stehen wollen, um zu zeigen, wie überlegen sie sind. Was sie uns mitteilen, ist das Verschwinden der Grenze zwischen Vernunft und Wahnsinn. Denn Minjard war nicht irgendein Killer, sondern Priester eines Ordens, der sich ausschließlich der Sterbehilfe von Todkranken widmete, sozusagen der letzte Beistand vor dem Ableben. Da drängten sich in mir Fragen auf, die mich so sehr beschäftigten, dass ich mich nur noch um diesen Fall kümmern konnte.

Jetzt saß ich hier am Wochenende und studierte diese Akte von vorne nach hinten. Da mich meine langjährige Freundin gerade verlassen hatte, störte es auch niemanden, wenn ich Tag und Nacht im Büro verbrachte.

Laut den Unterlagen kam er vor fünf Jahren nach Oslo. Ein Obdachloser, ohne Papiere und ohne gesicherte Herkunft. Der Orden des Devilianus nahm sich seiner an und dort fand er eine Heimat. Da mir dieser Orden unbekannt war, recherchierte ich im Internet danach. Ich fand heraus, dass diese Gemeinschaft sehr alt sein musste und ihm manche Ungereimtheiten nachgesagt wurden. In verschiedenen Foren im Internet fielen Begriffe wie Mörder, Seelenverkäufer, Schlächter Satans usw...

Diese Meinungen stammten bestimmt von erzkonservativen Christen, aber in der Streitfrage, ob Sterbehilfe nötig sei oder nicht, enthielt ich mich meiner Meinung. Doch eine Mitteilung machte mich stutzig. Ich fand Zahlen, nach denen die „Kundschaft" dieses Ordens in nur fünf Jahren um das 20-fache gestiegen war. Interessant, dass Minjard genauso lange dem Orden angehörte. Zufall?
Das machte mich neugierig und ich intensivierte meine Suche.

In einer mir bis dato unbekannten Quelle hieß es, dass Devilianus einst ein römischer Feldherr war, der durch ein einschneidendes Erlebnis geläutert wurde. Die Geschichte erzählte, dass er dem Leibhaftigen mitten auf dem Schlachtfeld begegnet war und ihn gerade umbringen wollte. Nachdem er erkannt hatte, wer da vor ihm stand, geschah Unerklärliches. Diesem Geschehen nach wollte der Soldat all seine Gräueltaten durch gute Taten sühnen und gründete besagten Orden. Dessen Priester tauchten immer genau dort auf, wo Not am Mann war. Laut einer Karte, die zu sehen war, auf der ganzen Welt und zu jeder Zeit. Merkwürdig war nur, dass man von diesem Orden nie etwas öffentlich erfuhr. Ich konnte mich nicht erinnern, irgendetwas darüber in der Presse oder anderweitig gelesen oder gehört zu haben. Vermutlich aus dem Grund, weil sich die christliche Kirche davon distanzierte.

Laut Angaben der Seite halfen diese speziell ausgebildeten Priester den Todkranken, sie von ihren Schmerzen zu erlösen und sie in eine bessere Welt zu führen. Im Hintergrund hörte man auch eine sehr seltsame Musik, als ich am Satzende auf 'weiter' klickte. Sie klang sehr betörend, wenn nicht sogar eindringlich. Ich dachte:

„Bestimmt wieder eine dieser suggestiven Methoden, die wir aus der Werbung kennen, um irgendeine Botschaft unters Volk zu bringen.

Sei es, dass man plötzlich Hunger nach einem bestimmten Müsliriegel verspürt oder genau diesen Sekt kaufen muss, weil dies der Beste sei, obwohl man überhaupt keinen mag."

Ganz ehrlich wollte ich jetzt nicht unbedingt herausfinden, was diese seltsame Musik in mir hervorrufen würde – man bedenke, hier ging es um Sterbehilfe... Deshalb drehte ich die Lautstärke einfach auf 'Zero' – und gleich ging es mir besser.

Plötzlich hörte ich mein Handy läuten.
„Hallo? Sven? Was machst du in Oslo? Ach so. Ja gut. In einer Stunde? Ok, dann bei der „Screamin` Dove". Bis gleich."
Als ich auf mein Handy blickte, bemerkte ich, dass ich spät dran war, denn wir hatten schon fast 22 Uhr. Da war es wieder gut, dass mich das wirkliche Leben einholte – und ein alter Freund und Studienkollege, der zufällig nach Oslo gekommen war und mich unbedingt sehen wollte. Beim Rasieren erinnerte ich mich an die 'gute alte Zeit' mit diesem alten Schweden, Sven Hemstett. Das konnte man ruhig wörtlich nehmen, weil so jung waren wir jetzt auch nicht mehr und Sven hatte durch seine Haarfarbe und sein Aussehen Ähnlichkeiten mit dem 'Roten Sven'. Ab und zu besuchte er mich, wenn er wieder einmal eine seiner Vorlesungen in der Stadt hatte. Er war einer der angesehensten „freien" Theologen und Mythologieforscher geworden, nachdem ihm die Psychologie des Menschen doch zu viele Abgründe eröffnet hatte.

Ob es jetzt besser war, den Glauben oder den Irrglauben mancher Menschen zu studieren, wusste ich nicht – auf jeden Fall, war er sehr erfolgreich. Bei seiner letzten Vorlesung im vergangenen Jahr war ich vor Ort und sehr überrascht, mit welcher Hingabe und welcher Show er dieses trockene Thema an den Mann bzw. an die Frau brachte.

Als wir dann an der Theke meines Stammlokals saßen und über alte Zeiten sprachen, fragte er mich plötzlich, ob das stimme, was so in der Zeitung stand. Überrascht fragte ich ihn, was er meinte, denn Sven hatte sich noch nie nach meiner Arbeit erkundigt. Aber nachdem er mich ja unbedingt sehen wollte, wusste ich, dass irgendetwas passiert sein musste und er etwas wissen wollte. Ich ahnte schon, worauf das hinauslief, stellte mich aber erst einmal unwissend.

„Was meinst Du?"

„Das mit Minjard."

„Ach so, ja, er hat 50 Menschen erschossen. Minjard hatte einen Blackout und wie wild um sich geschossen. Stand ja ausführlich in den Zeitungen."

Ich wollte und durfte nicht mehr über meinen Fall sagen und das bemerkte er natürlich. Dafür kannten wir uns schon zu lange.

„Jetzt mal ehrlich."

Sven legte seine Hand auf meinen Arm und blickte mir in die Augen.

„Ich kenne Dich jetzt schon sehr, sehr lange und er hat sie nicht erschossen. Sonst würde man nämlich nicht DICH mit diesem Fall beauftragen – ihren besten Mann für außergewöhnliche Fälle."

Ich konnte ihm wirklich nichts vormachen und zwinkerte nur zustimmend mit den Augen, als ich mein Bierglas erhob, um einen Schluck zu nehmen. Erwartungsvoll ließ er mich trinken und als ich mein Glas wieder auf dem Tresen abstellte, blickte er mich fragend an.

„Stimmt. Die 50 wurden bei LEBENDIGEM LEIB..."

Weiter kam ich nicht, da ich plötzlich von hinten angestoßen wurde und eine Bedienung mir zwei volle Bierkrüge in den Nacken kippte. Wie ein begossener Pudel saß ich jetzt da und die Bedienung entschuldigte sich tausendmal mit den Worten, es täte ihr leid und sie sei gestürzt. Sven lachte nur, klopfte mir auf die Schulter und stand vom Hocker auf.

„Weißt Du was, ich muss jetzt sowieso gehen, weil ich mich noch ein wenig auf die morgige Vorlesung vorbereiten sollte. Aber wenn Du nichts anderes vorhast, komm einfach übermorgen um 10 Uhr auf die Terrasse vom Hilton und wir frühstücken zusammen und können weiterreden. Dann erzähle ich DIR mal was über Minjard und seinen Orden. Und das, was Du sagen wolltest, ergänze ich gern. Ihnen wurden bei vollem Bewusstsein die Kehlen durchgeschnitten. Mehr gibt's dann beim Frühstück. Aber jetzt leg Dich erst mal trocken."

Als er das sagte, stutzte ich nicht schlecht, denn diese Informationen waren Top Secret und nur wenige hochrangige Beamte wussten davon. Als ich gerade etwas dazu sagen wollte, drehte er sich um und flüsterte mir ins Ohr:

„Wir reden übermorgen und glaube nicht immer alles, was im Internet steht."

Die folgenden Nächte lag ich wach in meinem Bett und konnte einfach nicht einschlafen, so durchwühlt war ich nach dieser Begegnung. Was wusste Sven über den Fall, über Minjard – und was war mit dem Orden?

2. Kapitel: Devilianus

Abgehetzt und übermüdet erreichte ich zehn Minuten vor 10 Uhr das Hilton, fragte an der Rezeption, wie ich in das Restaurant käme und fuhr mit dem Aufzug auf das Dach des Hotels. So weit ich mich erinnerte, stieg Sven hier immer ab, weil der Chef des Hilton ein besonderer Freund von ihm war. Es war schon ein pompöses Hotel, aber dafür hatte ich in jenem Moment keinen Blick übrig. Zu viele ungeklärte Fragen hatte ich im Kopf, die mich beschäftigten. Ich erholte mich erst einmal im Aufzug und schnaufte kräftig durch. Die ganze Nacht war ich im Bett wach gelegen und hatte über Svens Worte nachgedacht. Was wusste er, was mir nicht aufgefallen war oder ich nicht wissen konnte oder sollte? Woher hatte er seine Informationen?

Ganz vertieft erreichte ich dann das Dach und wurde bereits von einem Angestellten des Hotels erwartet. Sven hatte ihn gebeten, mich an seinen Tisch zu geleiten, da er sich leicht versteckt, abseits der anderen Gäste, einen extra Platz ausgesucht hatte. Er wollte nämlich in Ruhe sein Frühstück genießen und ließ sich von den Kellnern richtig abschirmen.

„Entschuldige die Umstände, aber wenn ich in der Stadt bin, habe ich oftmals nicht einmal beim Frühstück vor Neugierigen meine Ruhe."
Als er das sagte, bot er mir einen Platz an. So kannte ich ihn. Schon als Student gab es für ihn nichts Wichtigeres, als in Ruhe zu frühstücken und ungestört seine Tasse Kaffee trinken zu können. Daran hatte sich im Laufe der Jahre nichts geändert. Wie ich mich setzte, staunte ich nicht schlecht. Denn kaum saß ich, wurde auch schon aufgedeckt.
„Ich habe mir erlaubt, Dir ein großes Frühstück mit einer großen Tasse starkem Kaffee bringen zu lassen, denn ich schätze, dass Du die letzten Nächte nicht geschlafen hast."
Dabei lachte er nur, denn er kannte mich einfach zu gut, um nicht zu wissen, wie hartnäckig ich an einem Fall biss, bis ich ihn lösen

konnte. Ich schmunzelte nur und nahm einen großen Schluck zum Wachwerden. Nach ein wenig Smalltalk über seine Vorlesung und über das Hotel kamen wir zum eigentlichen Thema, worüber wir reden wollten. Zwischen Spiegelei und Orangensaft sprachen wir von meinem Fall.

„Mhh, was weißt du über Devilianus?" fragte mich Sven.
„Alles, was ich im Internet darüber in der kurzen Zeit finden konnte."
„Wo?"
„Bei Wikipedia und was Google hergab."
Er schmunzelte nur und antwortete:
„Du bist ganz schön leichtgläubig geworden. Jeder kann im Internet schreiben, was er will und ich kann Dir mit 100%-iger Sicherheit sagen, dass das, was Du dort gelesen hast, nicht der Wahrheit entspricht."
Jetzt schaute ich ihn verdutzt an und fragte:
„Warum? Was hätte jemand davon, falsche Daten in Umlauf zu bringen?"
„Denk mal nach."
„Um etwas zu verheimlichen?"
„Bingo. Devilianus war nicht das, was man später aus ihm machte. Er war kein römischer Feldherr, sondern ein Priester, der schon immer im Auftrag der Kirche unterwegs war. Er war der Beste seines Faches. Bis..."

Plötzlich wurde Sven still und blickte sich um.
„Was ist los?"
„Nichts, ich dachte nur, dass wir einen Mithörer hätten."
Sven schob genüsslich seine Cornflakes in den Mund und kaum verständlich setzte er fort:
„Devilianus war ein Assassine und die Kirche hatte leider etwas übersehen."
„Wie bitte?"
„Oh, entschuldige, wie unhöflich..."
Er schluckte schnell seine Cornflakes hinunter und spülte mit einem kräftigen Schluck Kaffee nach.

„So, jetzt geht' s."

„Du sagtest, die Kirche hätte etwas übersehen? Wie meinst du das?"

„Ach ja. Es machte Devilianus Spaß zu töten und er konnte nicht mehr aufhören. Er beseitigte nicht nur ausgewählte Opfer, sondern alle, die seinen Weg kreuzten. Egal welchen Geschlechts, egal welchen Alters. Ohne Ausnahme."

Sven verdrückte noch schnell versonnen ein Croissant, bevor er sich den gekochten Eiern widmete.

„Kennst Du das Massaker von Jerusalem?"

„Ich habe darüber gelesen."

„Tja, ein weiteres dunkles Kapitel in der Geschichte der Kirche. Alles verursacht durch einen einzigen Mann. Im Blutrausch tötete er alles, was ihm in den Weg kam".

Als er das sagte, griff Sven nach der Ketchup-Flasche und verteilte großzügig den Inhalt über die Eier, sodass sie ganz bedeckt waren. Dann setzte er seine sehr anschaulichen Ausführungen fort.

„Sogar auf die Priester, die ihn aufhalten sollten, nahm er keine Rücksicht."

„Und wer hielt ihn dann auf?"

„Moment, aber das Croissant war so köstlich, da brauche ich mehr davon!"

Er winkte einen Kellner herbei und bestellte das Gewünschte. Ich dachte mir nur: *„Er ist einfach unverbesserlich."*

Mitten unter dem Zelebrieren des Verzehrs eines Hörnchens sah er mich an, zwinkerte und deutete nach oben.

„Du meinst 'den da oben'?"

Da nickte er nur zustimmend und setzte seinen Verzehr ohne Unterbrechung fort. Als er fertig war, sah er, dass er mich sehr zum Nachdenken gebracht hatte, und erklärte den Sachverhalt näher.

„Also, mitten unter dem Abschlachten erschien ihm der Leibhaftige und stellte sich vor ein Opfer. Der Assassine hielt inne und ließ Gnade walten. Er erkannte sein Gegenüber und fiel auf die Knie. Niemand weiß, was GOTT in ihm bewirkt hatte, aber dadurch sah der Leibhaftige, dass Devilianus nicht ganz verloren war. Da

Devilianus ein Kind der Kirche war und eigentlich nur seinen Auftrag erledigte, wollte und konnte Gott ihn nicht bestrafen. Sonst hätte er gegen seine eigenen Regeln verstoßen – und ganz ehrlich unter uns gefragt: Wer sollte sich in Zukunft die Hände schmutzig machen? Der Mensch war schwach und würde es immer sein, das wusste er und machte sich dies zunutze. Es gab sogar noch einen Punkt, den Du aber in keinem Buch mehr finden wirst. Ein alter Priester erzählte mir einmal, dass es hieß, Devilianus sei ein direkter Abkömmling von Gott, nur halt ein Böser. Aber das sind Spekulationen. Was dagegen der Realität entspricht, ist die Tatsache, dass man einen Pakt schloss. Man kam überein, dass solch eine Tat nie mehr passieren durfte und erkannte, dass man seinen Blutdurst auch positiv nutzen konnte, immer unter Kontrolle der Kirche. Von da an bekam er seine Lebensaufgabe und durfte sich nur noch um die Todkranken kümmern."

„Aber..."
„Ich weiß, was Du sagen willst. Wieso hat Gott ihn nicht gleich umgebracht? Meinst Du, dass alle Menschen gut sind? Für was gibt es in der Bibel einen Himmel und eine Hölle? Und denk mal weit zurück an Adam. Immer, wenn mir dieser eine Satz in den Kopf kommt, befällt mich das kalte Grauen."
Verwirrt schüttelte ich nur den Kopf und wusste beileibe nicht, worauf er hinaus wollte. Als Sven mein nachdenkliches Gesicht sah, war er nicht mehr zu halten.
„Oh Mann, jetzt aber. ER, 'der da oben', schuf Adam nach seinem Vorbild und wie Du mir zustimmen wirst, sind Menschen beileibe keine Engel. Jeder Mensch hat zwei Seiten und welche davon die Oberhand behält, erkennt man meist zu spät."

Allein schon die letzten Sätze von Sven bestätigten wieder seinen damaligen Entschluss, Abstand von der erzkonservativen Kirche zu nehmen und sich mit den vorgefertigten Meinungen nicht mehr zufriedenzugeben. Ich erinnerte mich sofort an einen Zwischenfall bei einer Vorlesung, als es ihm bewusst wurde, dass er mit seiner freien Meinung nicht nur auf wohlgesinnte Geistliche traf, sondern

sich gewaltige Schwierigkeiten wegen sogenannter Fehlinter-
pretationen der Bibel einhandelte. Dies führte so weit, dass er sein
Theologiestudium kurz vor Ende abbrach und sich lieber in der noch
gedankenfreien Weltlichkeit niederließ. Nur eines machte mich
stutzig und mir schien es so, als ob er meine Gedanken lesen
konnte.

„Aber...“
„Gut, Du hast recht, dass 'der da oben' sehr leichtgläubig gehandelt
hat. Stimmt, denn wie Du richtig vermutest, kann man dem Bösen
nicht trauen.“
„Aber...“
„Ich kann Dich beruhigen. 'Der da oben' hatte sich vorbereitet.
Offiziell wirst Du darüber aber keine genauen Unterlagen finden, nur
in der Mythologie gibt es Hinweise. Dort ist die Rede von einem Pakt
mit dem Teufel. Niedergeschrieben und unterschrieben mit dem Blut
der ersten verlorenen Seele, dem ersten Sohn Gottes.“
Als ich das hörte, schüttelte ich erst mal den Kopf.
„Das klingt jetzt ein wenig abgehoben. Du weißt, dass ich mehr
Realist als Fantast bin.“
„Ich weiß, aber erinnerst Du Dich an die Ausgrabungen der
Amerikaner in Rom? War ganz groß in der Presse.“
„Ja, ganz dunkel. Aber, soviel ich mitbekommen habe, war das doch
ein Fehlschlag, weil nichts gefunden wurde.“
Da nickte er nur und sagte:
„Stimmt – das, was man suchte, fand man nicht.“
Verwundert blickte ich ihn an.
„Was kommt jetzt?“

Ich kam mir vor, wie bei einer seiner Vorlesungen. Jetzt war er in
seinem Element und diesen Blick von ihm kannte ich nur allzu gut.
„Sie hatten, neben altem römischen Zeugs, auch eine makellos
geschnittene Steintafel gefunden, und zwar in den Überresten einer
Kirche, von der keiner etwas wusste. Zuerst dachten sie an eine
Grabbeigabe, aber dafür fehlte die Inschrift, denn da war absolut
nichts zu sehen. Nur als sie das schwere Ding abtransportieren

80

wollten, passierte etwas Ungewöhnliches..."

Neugierig blickte ich ihn an und er fuhr fort:

„Zu viert versuchten sie, die Tafel hochzuheben, doch es gelang ihnen nicht, und als sie den Stein aufhebeln wollten, zog sich einer der Arbeiter Schnittwunden an den scharfen Kanten zu."

„Ja und? Dies passiert tausendfach, bestimmt waren sie wieder zu faul, Arbeitshandschuhe anzuziehen."

„Da muss ich Dich enttäuschen, denn sie trugen welche und trotzdem geschah dieses Unglück. Er verlor zwei Finger und blutete fürchterlich."

„Grausig."

„Du sagst es. Nur – jetzt halte Dich fest: Diese Tafel saugte förmlich das Blut auf. Wie ein Schwamm."

Jetzt war ich sprachlos. Als ich wieder klare Gedanken fassen konnte, fragte ich ihn nur: „Wie gibt es so etwas?"

„Gute Frage. Als die Forscher das sahen, waren sie genauso überrascht wie wir. Nachdem der Verletzte verarztet worden war, widmeten sie sich wieder dem Stein. Sie testeten ihn mit verschiedenen Flüssigkeiten, doch alles tropfte einfach ab – außer Blut. Denn als sich einer der Experten mit einer Nadel in den Finger stach und ihn über diesen Stein hielt, konnte man richtig zusehen, wie jeder einzelne Tropfen richtig verzehrt wurde, als ob dieses harte Ding gierig danach war. Was dann folgte, kann man sich ja denken. Da es auf dem Gebiet des Vatikans gefunden wurde, gehörte es der Kirche und verschwand in einem tiefen Keller. Als Grund gab man Teufelswerk an und man verbot den Forschern, darüber zu sprechen."

Gespannt lauschte ich seinen Worten und bat ihn fortzufahren.

„Krass – und dann?"

Sogleich kam die Antwort, nachdem er einen kräftigen Schluck Kaffee zu sich genommen hatte.

„Ich habe mich da mal schlau gemacht, was es mit diesem eigenartigen Stein auf sich hat und alle meine Quellen angezapft. In Unterlagen über die römische Mythologie bin ich dann fündig geworden. Zuerst konnte ich mir keinen Reim darauf machen, aber nachdem ich Eins und Eins zusammenzählte, fand ich Folgendes heraus:..."

Nach einer kurzen Verschnaufpause und einem kleinen Happen setzte er seine Ausführungen fort.

„Die Ausgrabungen fanden ja am Fluss Tiber statt und diese Kirche, die man nicht kannte, war laut alten Schriften aus der Mythologie eine Kirche des Satans."

Verwundert blickte ich ihn an, stutze kurz und schüttelte nur ungläubig den Kopf.

„Jetzt aber mal halblang, seit wann gibt es Kirchen des Satans?"

„Meinst du, es gibt nur christliche? Da muss ich Dich leider enttäuschen. Jede Erzählung aus der Mythologie hat ein Stückchen Wahrheit in sich. Genau dort, wo laut der Geschichte diese Kirche stand, war der Anlegeplatz des Fährmanns. Ich weiß nicht, wie bewandert du in der römischen Mythologie bist, aber der Tiber wurde auch der 'Fluss der Seelen' genannt. Weiteren Aufzeichnungen zufolge soll genau hier der Pakt zwischen Satan und dem Allmächtigen geschlossen worden sein."

Jetzt war ich noch verwirrter und konnte ihm nicht mehr folgen.

„Alles schon recht und gut, aber ich verstehe nicht ganz, wie uns das weiterhelfen soll?"

„Moment, nur noch einen Schluck dieses köstlichen Kaffees... Mhh..."

3. Kapitel: Die Inschrift

„Wie Du vielleicht noch weißt, habe ich sehr gute Kontakte zur Kirche und ein guter Freund hat mir unter vier Augen etwas zugesteckt, das mich aufhorchen ließ. Still und heimlich ließ damals die Kirche diesen Stein weiter untersuchen. Niemand sollte etwas davon mitbekommen, deshalb geschah alles im Verbogenen. Wie Du Dir sicher vorstellen kannst, waren die christlichen Herren ganz begierig, mehr über diesen Stein zu erfahren, der ja wahrlich etwas ganz Besonderes war. Nach vieler Forschung stellten sie etwas Eigenartiges fest: In der Abenddämmerung – Du weißt schon, diese Phase, wenn der Tag zur Neige geht und langsam die Nacht die Oberhand gewinnt – gibt es den einen Moment, wo alles kippt. Genau zu diesem Zeitpunkt war auf dem Stein eine Inschrift zu lesen. In Blut geschrieben und in einem alten sumerischen Dialekt, der als vergessen galt.“

Jetzt, wo es spannend wurde, machte Sven eine kurze Pause und aß mit Hingabe ein ihm gerade gereichtes noch warmes Croissant. Da ich aber neugierig war, wurde ich ein wenig lästig.
„Und was sagte diese Inschrift? Lass Dir nicht alles aus der Nase ziehen!“
„Gut, gut. Ich weiß, was Du gleich sagen wirst, aber es ist beileibe nicht so, wie Du den ersten Eindruck haben wirst... Sie lautete:

Spieglein, Spieglein an der Wand
Oftmals wirst du so sehr verkannt.
Der Wahrheit bleibst du immer treu.
Zeigst Freude, Liebe und Abscheu.“

„Das kenne ich doch! Aber soviel ich weiß, klang das ein wenig anders...“
„Ja, du meinst 'Schneewittchen'. Wo meinst du denn, hat der Autor – übrigens ein Priester – diesen Spruch her?“
Verwundert blickte ich Sven an.

„Du meinst...?"
Da nickte er nur.
„Aber es geht weiter:

Spieglein, Spieglein an der Wand

Manch einer hat sich abgewandt

Sein eigenes Ich nicht mehr verstehen

Die Schmach, sich selber hier zu sehen

Spieglein, Spieglein an der Wand

Das Böse hat dich schnell verbannt.

Siehst du die Tränen, die jetzt fließen

Satans Weg heißt Blut vergießen.

Spieglein, Spieglein an der Wand

Der Dämon hat es längst erkannt.

Ein Blick genügt, nur kurz verharren.

Sein Antlitz wird zu Stein erstarren.

Und verstehst du den Sinn?"

Jetzt war ich an einen Punkt gekommen, an dem ich zunächst überhaupt nichts mehr sagen konnte und trank wortlos meinen inzwischen kalten Kaffee. Fassungslos ließ ich mich in den Stuhl zurückfallen.
„Genauso ging es mir auch, als ich dies das erste Mal hörte."
Als ich langsam zur Ruhe kam und wieder klar denken konnte, antwortete ich ihm mit einer Frage:
„Sven, weißt Du eigentlich, was Du gerade gesagt hast?"
„Natürlich, aber Du darfst das Ganze nicht so wörtlich nehmen. Wie Du weißt, ist es eine fast vergessene Sprache und wer weiß, ob die

Übersetzung so richtig war."

Da beugte ich mich nach vorne und blickte ihm direkt in die Augen. Gleichzeitig drückte ich seine Hände auf die Tischplatte, um ihn vom Frühstücken abzuhalten, damit ich seine ungeteilte Aufmerksamkeit erhielt. Erschrocken sah er mich mit weit aufgerissenen Augen an und versuchte, nach hinten auszuweichen. Ängstlich hörte ich ihn dann sagen:
„Habe ich jetzt etwas Verkehrtes gesagt oder habe ich Dich gar beleidigt?"
„Nein, sicher nicht, nur weißt Du zufällig, was in der Akte meines Priesters gestanden ist?"
„Ich weiß zwar viel, aber Hellsehen beherrsche ich leider nicht."
Ich schnaufte tief durch und sprach jetzt über etwas, das normal niemand wissen durfte:
„Als man den 'lieben Kerl' verhaftete und ihn in eine Zelle steckte, zerbrach er als Allererstes den Spiegel über dem Waschbecken."
Als ich das sagte, lehnte ich mich wieder zurück und blickte auf sein Gesicht.
„Du meinst...?"
Ich wusste, dass mich Sven sofort verstehen würde, da gaben wir beide uns nichts, wenn es um logisches Denken ging.
„Genau. Ich schätze, ich werde meine Recherchen vor Ort vornehmen."
Jetzt war Sven leicht verwirrt und er fragte mich zögerlich:
„Was meinst Du damit?"
„Denk Dir nichts."
Jetzt wurde Sven aber ärgerlich.
„Was heißt hier 'Denk Dir nichts'? Du redest von einem Kerl, der gerade mal gut 50 Menschen umgebracht hat!"

Da gab ich Sven recht, dass dieser Kerl gerade ein Massensterben verursacht hatte, aber wenn ich einmal Blut geleckt hatte, dann konnte mich niemand stoppen. Es war einen Versuch wert. Nur wie kam ich nahe genug an ihn heran? Aber mir das zu überlegen, dazu hatte ich ja jetzt Zeit, denn wortlos stand ich auf und verkroch mich den restlichen Tag in meiner Wohnung, um das Gehörte zu verarbeiten. Denn obwohl es so fantastisch klang, ergab es einen Sinn. Sven war ja eher der Typ, der Aberglauben oder Ähnliches für bare Münze nimmt. Nur ich war mehr Realist und ich musste trotzdem sagen, die Fakten sprachen für diese Geschichte. Da ich von Natur aus sehr neugierig war, ließ mir der Umstand keine Ruhe, näher an den Delinquenten zu kommen, um mir selbst ein Bild von ihm zu machen.

Montag früh. Ich lief wie ferngesteuert durch das Präsidium. Das Ganze hatte mich auch die Nacht über wach gehalten und ich versuchte, mich mit einem Kaffeebecher in der Hand ein wenig zu motivieren. Nicht einmal meinen Ausweis musste ich beim Pförtner herzeigen, da er wohl ein Einsehen mit mir hatte und wegen mir bestimmt keinen Stau verursachen wollte. Verwundert blickte ich mich um, denn irgendwie ging es hier zu wie in einem Taubenschlag. Wir sind hier zwar ein Polizeipräsidium, aber ehrlich gesagt hatten wir hier noch nie so viele uniformierte Polizisten vor Ort, vor allem nicht so schwer bewaffnete und, mir schien es, irgendwie unter Spannung stehende. Ich dachte mir nicht viel dabei und versuchte, so schnell wie möglich durch das Treppenhaus zu kommen. Nicht, dass noch irgendein Politiker auf einmal vor mir auftauchte, den man kennen sollte, und ich ihn in meinem Halbdämmerungszustand falsch betitelte. Als ich dann endlich mein Büro betrat, wurde ich bereits von Hendrik, meinem Arbeitskollegen, erwartet. Er versuchte, mir ganz aufgeregt etwas mitzuteilen. Nur, was viele Kollegen lange nicht wussten, war die Tatsache, dass er bei einer gewissen Panik leicht ins Stottern geriet und dadurch das, was er sagen wollte, ein wenig länger dauerte. Ich hob nur die freie Hand zum Grüßen, lächelte und verkroch mich an meinen Schreibtisch. Doch Hendrik ließ nicht locker und belagerte mich richtig mit den News des Tages. Diesmal aber kam er zur Ruhe und jetzt verstand ich auch, was er mir sagen wollte:

„Guten Morgen – und? Hast Du schon gehört?"

„Guten Morgen", gähnte ich. „Was meinst Du?"

Schläfrig stellte ich meinen Kaffeebecher auf den Schreibtisch, warf meine Tasche und Jacke auf die nahestehende Relax-Couch und setzte mich erst einmal, um in Ruhe meinen Kaffee zu trinken.

„Oh Sinard, Du bekommst ja gar nichts mit!"

Ich versuchte, seinen Worten zu folgen und hielt mich mit diesem starken schwarzen Gesöff wach.

„Klär mich mal auf, Hendrik."

„Dein Priester kommt um 10.00 Uhr zum Verhör ins Präsidium."

Als ich das hörte, war ich schlagartig hellwach.

„Wie bitte?"

„Ja, die Buschtrommeln haben es vorhin durchgesagt. Minjard wird von der ganzen Sippschaft verhört. Die Presse soll davon noch nichts mitbekommen, deshalb kam keine offizielle Meldung rein, aber ich schätze, das dauert nicht lange und die Geier sind vor Ort."

Dies war genau die Gelegenheit, auf die ich gewartet hatte. Aufgeregt trank ich schnell meinen Rest Kaffee und durchsuchte hastig meine Schubladen. Verwundert blickte mich Hendrik an und fragte mich neugierig:

„Hallo, hallo! Was war denn in Deinem Kaffee?"

„Mist, nichts!", brüllte ich zurück, als ich das Gewünschte nicht fand und ging zum nächsten Einschub über.

„Wenn Du mir sagst, was Du suchst, kann ich Dir vielleicht helfen..."

Jeder vernünftige Mensch hätte schon lange das Weite gesucht, wenn er mich so fluchen gehört hätte, aber Hendrik war eben einer dieser Menschen, denen man nicht böse sein konnte – auch wenn sie ziemlich hartnäckig waren. Ganz ruhig antwortete ich ihm:

„Nichts."

Schnell stand ich auf und schob mit einem lauten Schleifgeräusch meinen Stuhl zurück. Hendrik hielt sich die Ohren zu und sprach zu mir:

„Autsch! Hattest Du ein schlechtes Wochenende oder was ist mit Dir los?"

„Ach nichts. Ich suche nur einen Spiegel."

„Nimm halt den über dem Waschbecken", sagte er und deutete

hinter mich.

Ich drehte mich um und lächelte nur, als ich ihn sah. Dieses Ding wäre zwar ideal, nur wie sollte ich unbeobachtet das Riesenteil in die Nähe des Priesters bringen? Außerdem würden mich diese grimmig blickenden SEK-Leute gar nicht in seine Nähe lassen.

„Viel zu groß, aber gute Idee."

Kopfüber steckte ich schon wieder in einer der zahlreichen Schubladen.

„Ähm – darf ich noch mal stören? Ich weiß ja nicht, wozu Du ihn brauchst, aber kurz vor Dir war die Putzkolonne da, und wenn mich nicht alles täuscht, waren da diese durchgestylten Damen aus dem Osten dabei. Du weißt schon, die Damen, bei denen man meint, sie gingen eher auf eine Modenschau als profanerweise nur zur Arbeit. Dort wirst du bestimmt neben einem Spiegel noch Bürste, Haarspray und sonstige Utensilien zum Stylen finden."

Da lachte ich und gab Hendrik einen Kuss auf die Stirn.

„Bäh, sag das nur nicht weiter, sonst ist es mit meiner Karriere finito und die Chancen bei den Damen würden ziemlich schnell fallen."

So schnell ich konnte, hastete ich aus der Türe und rannte den Gang hinunter.

Mit einem eindringlichen „Psssst!" wurde ich sofort von einem der herumstehenden Beamten um Ruhe gebeten, denn man hörte meine Schritte durchs ganze Haus. Einen Stock tiefer fand ich dann die Putzbrigade und nach einer kurzen Lehrstunde des Schmeichelns hatte ich das Gesuchte. Schnell noch einen Blick auf die Uhr: 9:45 Uhr. Ich bemerkte, dass ich noch ein wenig Zeit zum Durchatmen hatte. Als ich mich so umsah, spürte ich richtig die Anspannung im Gebäude, die sich noch steigerte, als der Tross mit Minjard das Präsidium betrat. Immer mehr Neugierige säumten die Treppen, als der stark abgeschirmte Killer durch die Haupthalle geführt wurde. Irgendwie erinnerte die Szene an einen „Rocky"-Film, wenn der Kämpfer sich zum Ring bewegt. Jeder wollte den Mann sehen, der seit seiner Tat auf allen Titelblättern zu finden war und so viele Menschen auf dem Gewissen hatte. Doch nirgends stand, wieviele es wirklich waren und wie bestialisch er vorgegangen war.

Langsam mogelte ich mich nach vorne, um einen Blick zu erhaschen. Polizisten mussten einen Korridor für den Gefangenen freimachen und sie standen so eng nebeneinander, dass es fast kein Durchkommen für mich gab. Ich musste mir eine Schwachstelle suchen und nach ein paar Augenblicken fand ich sie. Die Putzkolonne hatte in aller Eile, um einen Blick zu riskieren, einen Putzeimer vergessen und genau den holte ich mir. In einem unbeobachteten Moment stieß ich ihn einfach die Treppe hinab. Man konnte richtig sehen, wie sich das Putzwasser langsam seinen Weg über die Treppen bahnte, direkt auf die Gaffer zu, die am Sims standen und sich streckten, um den Killer zu sehen. Als die ersten Zuschauer zu Fall kamen und schrien, nutzte ich die Gelegenheit und drängelte mich nach vorne in Richtung Minjard.

Plötzlich kam ein Polizist einer gefallenen Zuschauerin zu Hilfe, um sie aufzuheben, als ER überraschend vor mir stand. Ganz ruhig, mit tief ins Gesicht gezogener Kapuze, stand da dieser Mönch mit gefalteten Händen, nur ein paar Meter vor mir. In nächster Nähe waren zwei Polizisten, die ihn nicht aus den Augen ließen. Ich dachte mir nur, als ich ihn musterte:

„Devilianus, vor mir kannst Du Dich nicht verstecken."

Niemand bemerkte mich, als ich mich ihm langsam näherte, aber auf einmal erhob er seinen Kopf und blickte in meine Richtung. Mir kam es so vor, als ob er gehört hätte, was ich gerade dachte. Ich sah, wie aus dem Dunkel zwei feuerrote Augen funkelten und mich anstarrten. Er hob seine Hände und schob seine Kapuze nach hinten. Da wusste ich, dass ich diesen Blick nie mehr vergessen würde. Bitterböse, von unten nach oben und dabei dieses diabolische Lachen. Ich erkannte ein schmales, kantiges Gesicht und diese durchdringenden Augen, die mich regelrecht in ihren Bann zogen. Er wollte mir Angst einjagen. Und, wenn ich ehrlich war, er schaffte es auch. Mit schlotternden Knien bewegte ich mich auf ihn zu und es schien, als ahnte er, was ich vorhatte. Mit seinen Händen tat er so, als würde er mir meine Kehle zudrücken. Da packte ich meinen ganzen Mut und zog langsam den Spiegel aus meiner Jackentasche. Gleich würde sich beweisen, ob wir richtig lagen oder ob ich mich lächerlich machte. Ich hob meinen Arm, drehte die Handfläche zu ihm und sein Blick traf den Spiegel. Blitzartig veränderte sich sein Gesichtsausdruck zu einer Fratze. Sein 'Wahres Ich' kam zutage. Er schrie wie ein verwundetes Tier und versuchte zu fliehen. Aber sein Blick war so in seinem Spiegelbild gefangen, dass er sich nicht bewegen konnte. Er wimmerte fürchterlich und sein Gesicht versteinerte. Auf einmal wurde es still im Gebäude und jeder der Anwesenden starrte auf den zu Stein gewordenen Priester.

So verrückt, wie es vielleicht klingen mag, aber seit diesem Tag trage ich immer einen Taschenspiegel bei mir. Wer weiß schon, wann der nächste Minjard erscheint... Immer, wenn ich meine Arbeitsstelle betrete, werde ich an diesen Teufel erinnert und gehe ehrfurchtsvoll an der neuen Statue im Foyer vorbei. Aber jedes Mal ergreift mich dieses beklemmende Gefühl, beobachtet zu werden. Hoffentlich täusche ich mich.

Femme Fatale

Prolog

Dies ist eine Hommage an die Schönheit der Frau. Jede Epoche der Menschheitsgeschichte erlebt ein weibliches Wesen, die dieses gewisse Etwas hat. Sei es Nofretete, Mona Lisa oder Marilyn Monroe, um nur einige zu nennen. Der Zauber, den diese Damen ausstrahlen, der Glanz in ihren Augen, lässt Männer wie Frauen entzücken oder vor Neid erblassen. Doch irgendwann holt jede Frau die Zeit ein und das Leben zeigt seine Spuren. Die Schönheit verschwindet und niemand beachtet sie mehr, bis zum bitteren Ende. Der kalte Tod kommt, wann er kommen muss. Nur – auch er hat seine Schwächen. Das Antlitz schöner Frauen hat es ihm angetan, deshalb kann es schon einmal vorkommen, dass er vor der bestimmten Zeit eine Dame für sich aussucht. Doch – nicht jede Schönheit spielt sein Spiel mit. Die Allerschönsten sind die Behüterinnen eines Geheimnisses. Sie trotzen dem Tod. Nur – nichts ist umsonst... Und der Tod kommt immer wieder...

1. Kapitel: Paris – Mein Paris

1886 – Ich liebe es, im Mittelpunkt zu stehen. Wenn sich die feine Gesellschaft mit ihren Blicken an mir nicht satt sehen kann. Manch einer sieht sich schon als meinen Liebsten und übersieht, dass seine Angetraute neben ihm steht. Ich genieße dieses Schauspiel und schreite über die Rue St. Louis. Wie auf einem Laufsteg bei einer dieser zahlreichen Modenschauen in meiner Heimatstadt.
Paris. Mein Paris.

Das darf man ruhig wörtlich nehmen, denn ICH bin Paris und Paris bin ICH. Wenn ich frühmorgens am Balkon stehe und sehe, wie das Leben langsam erwacht, atme ich tief durch und sauge dieses einzigartige Flair ein. Von der nahegelegenen Bäckerei duftet es herrlich nach frischem Baguette. Mhh – wie liebe ich diesen Duft! Als ich so umherblicke, entdecke ich in einer ganz versteckten Gasse, wie sich gerade ein Jüngling still und heimlich von seiner Liebsten verabschiedet. Mit Tränen in den Augen lässt ihn die Mademoiselle ungern ziehen. Mutig springt er aus einem rückwärtigen Zimmer in die Gasse und trägt seine Hose und sein Hemd auf seinem Arm. Nach der doch sehr unsanften Landung dreht er sich noch einmal geschwind zu seiner Liebsten um und wirft ihr noch kurz einen Handkuss zu. Ganz zaghaft und verstohlen winkt sie ihm nach, als er davon humpelt. Oh, mein Paris! Es ist Frühling und jeder spürt es, denn jeder ist ein Teil davon. Auch ich. Nur die zwischen-menschlichen Gefühle, die so viele haben, sind mir fremd. Weshalb? Ich kenne sie nicht, weil ich sie nicht habe.

Gestatten, mein Name ist Chantal Decour – oder auch Claire Toulouse... Oder nennen Sie mich einfach, wie Sie wollen. Ich bin der Liebling der feinen Gesellschaft. Jeder will sich mit meiner Anwesenheit brüsten. Maler würden alles dafür geben, um mich zeichnen zu dürfen. Berühmte Schneider schenken mir immer ihre neuesten Kreationen, nur damit ich damit gesehen werde. Mancher Dichter verglich meine Schönheit mit einer blühenden Rose oder der aufgehenden Sonne. Egal, wo ich mich gerade befinde, jeder hat nur

Augen für mich. Doch niemand kennt mich wirklich... Kennt meine Wünsche – kennt meine Begierde. Und kein Mensch bemerkt, dass ich nicht altere, wie sie selbst. Dieses strahlende, unschuldige, junge Lächeln ist unvergänglich. Ich berühre die Menschen genau dort, wo sie am leichtesten zu verletzen sind – in ihren Herzen. Ich spiele gerne mit den Gefühlen der gar so Ahnungslosen. Sie lassen sich so schnell blenden, denn Schönheit ist nur eine Fassade. Doch was sich dahinter befindet, ist oft nicht zu ergründen. Manch einer, der diesen Abgrund erblickt, entkommt ihm nicht.

2. Kapitel: Pardonne – n'oublie jamais

Ironie des Schicksals, dass ich genau hier dem Mann wieder begegnete, der mir so viele Schmerzen bereitet hatte. Marquis de Claire war aber eigentlich nur Mittel zum Zweck, denn er ermöglichte mir den Weg nach oben. Nur – er wusste es nicht einmal. So sind die Männer. Ironie des Schicksals.

Jetzt stand ich hier, wo man zukünftig eine Mahntafel am Ufer der Île de la Cité zum Gedenken an die 200 000 Franzosen, die in Konzentrationslager deportiert wurden, finden würde und ich handelte genau so, wie es später darauf zu lesen stehen sollte:

Verzeihe – aber vergiss nie.

Ich verzieh dem Marquis die Schläge, die er mir einst als Strafe erteilte, denn was er nicht wusste, war die Tatsache, dass ich jeden einzelnen Schlag genoss. Je tiefer sich die Peitsche in mein Fleisch fraß, desto mehr lachte ich ihn aus, was ihn natürlich noch mehr in Rage brachte. Dies hatte er schon bei unserer ersten Begegnung nicht verstanden und, wie ich feststellen musste, tat er es auch jetzt nicht. Ihm bereitete es Freude, mir seine vermeintliche Macht über mich zu zeigen. Damals hatte ich es noch geschehen lassen, doch jetzt war es an der Zeit, den Spieß umzudrehen. Alles wiederholte sich – bis zu dem Moment, als er mir in die Augen blickte und ich ihm die Sinnlosigkeit des Seins zeigte. Denn was er in meinen Augen sah, war sein eigener Tod. Schnell war er von Panik ergriffen und gleichzeitig starr vor Angst. Seine Haut wurde bleich und ich sah, wie das Blut durch seine angeschwollenen Adern pulsierte. Bewegungs-unfähig und mit weit geöffneten Augen ließ er ab von der Peitsche und musste mitansehen, wie ich meinen Mund öffnete und meine Zähne zum Vorschein kamen. Ein gezielter Biss genügte und sein Blut spritzte mir entgegen. Schnell verfärbten sich meine Augen blutrot und ich übernahm seine Lebensgeister. Er hatte seine Schuldigkeit getan. Ich hatte bekommen, was ich wollte. Meine Rache. Hahaha.

Und? Natürlich geschah das Ganze nicht ohne Hintergedanken, denn jetzt konnte ich ungestört sein Haus an der Seine bewohnen. Sagte ich 'SEIN' Haus? Oh nein, jetzt nicht mehr – es ist MEIN Haus. Und dieses Haus steht nicht irgendwo, sondern auf der Île St. Louis. Genau dort, wo ich schon immer hingehörte.

Als ich mich seiner am Kai entledigte, kam es mir vor, als würde ich irgendwie beobachtet werden. Als ich mich umblickte, sah ich aber niemanden und dachte mir nur, wer könne mir denn schon gefährlich werden. Allein schon bei dem Gedanken daran musste ich lachen und verschwand in den dunklen Gassen. Auf dem Heimweg hatte ich so einen Heißhunger auf frisches Blut, dass die drei Matrosen, die mich auf der Straße ansprachen, gerade zum richtigen Zeitpunkt vorbeikamen. Wie im Rausch biss ich einen nach dem anderen, als ich mich verstellte und ihnen vormachte, ich hätte mich verlaufen. Wenn die drei nicht besoffen gewesen wären, hätten sie mich wahrscheinlich nie angesprochen, geschweige denn den Mut gehabt, meine hilflose Lage schamlos auszunutzen. Was sie nicht bemerkten, war die Tatsache, dass ich nur mit ihnen spielte – auf Kosten ihres Lebens. Ich liebe es, mit meinen Opfern – bevorzugt Männern – zu spielen! Die Herrschaften waren so besoffen, dass sie es nicht einmal bemerkten, wie ich sie einen nach dem anderen einfach aussaugte. Genau die Sorte Blut, die ich bevorzuge: jung und frisch.

3. Kapitel: Das GESICHT

Es war eine dieser zahllosen Festlichkeiten, bei denen ich zur Zierde eingeladen worden war. Irgend so ein reicher Snob zahlte mir eine schöne Summe, nur damit er mit mir angeben konnte. Er finanzierte mir sogar meine Abendgarderobe und, wie sollte es anders sein und von mir auch nicht anders erwartet, wollte er natürlich seinen Spaß haben, ohne dass seine Gattin etwas davon mitbekam. Ich hatte nichts dagegen, solange der Preis stimmte. Und was er nicht wusste war, dass dies sein letzter Abend unter den Lebenden sein würde. Denn nur tote Zeugen sind gute Zeugen.

Pünktlich um 20 Uhr holte mich sein Diener zuhause ab und wir fuhren in einer sehr prunkvollen Kutsche zu seinem Anwesen. Namen spielten für mich keine Rolle, aber dieser Freier schien eine ziemliche Persönlichkeit gewesen zu sein, denn jeder Passant, der uns sah, blickte sich interessiert um und verneigte sich. Bei der Ankunft wurden wir bereits vom Hausherrn lächelnd erwartet. Das genaue Gegenteil sah man seiner Ehefrau an, die sichtlich ihre Probleme mit meiner Anwesenheit hatte und gedemütigt nur zu Boden blickte, als ihr Ehemann alle Diener zur Seite stieß, um mir aus der Kutsche zu helfen. Galant hielt er mir seine helfende Hand entgegen und führte mich aus der Kutsche. Ich spürte richtig, wie seine Ehegattin kochte. Sie störte sich daran, aber für mich war das Routine, denn eifersüchtige Ehefrauen kannte ich nur zu gut. Als wir jedoch bei ihr vorbeikamen, warf sie ihm einen Blick zu, der ihn ganz nervös machte und ihn veranlasste, den weiteren Weg doch einem jüngeren Begleiter zu überlassen.

Als wir im Ballsaal ankamen, bildete sich schnell eine Traube von fünf jungen Männern um mich herum. Untereinander konkurrierten sie, um bei mir zu landen. Als mir einer der höflichen jungen Herren ein Glas Champagner reichte, lächelte ich nur und vernahm es mit innerer Zufriedenheit, wie sie versuchten, sich mit Komplimenten zu übertreffen. Insgeheim stellte ich mir schon vor, wen ich von den jungen Männern zuerst beißen würde. Vielleicht den Jüngling mit schönen dunklen Augen, der seinen Platz neben mir so tapfer gegen seine Mitstreiter verteidigte, als man versuchte, ihn einfach zur Seite zu schieben. Oder den rotgelockten jungen Offizier mit seiner Grenadieruniform, die er bestimmt noch nie an- oder sich erst frisch verdient hatte. Oder...

Doch weiter kam ich nicht, da plötzlich eine Stimme ertönte.
Es war die Stimme einer Frau.
„Ich weiß, was Sie sind."

Neugierig blickte ich mich um, sah aber außer den jungen Männern niemanden in meiner Nähe. Doch plötzlich geschah etwas Sonderbares, denn ich hörte erneut diese Stimme und alles um mich herum verstummte einfach. Das Quartett in der Ecke des Raumes spielte lautlos und niemand der tanzenden Gesellschaft verursachte ein Geräusch. Mir kam es sogar vor, als ob ich die Nähe dieser Frau spüren würde. Dieses Gefühl gefiel mir ganz und gar nicht. Ich fühlte mich angezogen nackt, so durchleuchtet. Plötzlich sah ich sie dann, gegenüber von mir an einem Fenster stehend. Sie war eine schlanke Frau in einem roten Kleid und mit starrem Blick.
Und auf einmal hörte ich wieder diese Stimme.
„Sie können sich vor mir nicht verstecken."

Ich spürte, welche Wirkung diese Worte auf mich hatten und versuchte, meine 'äußere Hülle' zu schützen, denn ich hörte sie zwar, stellte aber fest, dass sie ihren Mund nicht bewegte. Als ich sie dann auch noch sagen hörte: „ICH SEHE SIE", war es mir klar, dass das eine Seherin sein musste.
Sie hatte das GESICHT.

Was sind Seher?
Es sind menschenähnliche Wesen, die aus der Zwischenwelt kommen und das GESICHT haben. Sie können dich bis zu deiner Seele – wenn du eine hast – durchleuchten und dein ganzes Leben im Schnelldurchgang wie in einem Film in ihren Augen abspielen lassen. Seher allein sind keine Gefahr, denn sie können uns nur

bannen, aber sonst nichts antun. Doch sie stehen in Symbiose mit einem anderen Wesen. Ob dieses jedoch gut oder böse ist, erfährt man meist zu spät. Ich versuchte, ihrem Blick zu entweichen, aber es half nichts. Egal, wo ich Schutz suchte, es half nichts. Wenn eine sich einmal in deinem Gehirn verankert hat, lässt sie dich nicht mehr los. Seherinnen sind hartnäckige Wesen. Sie erkennen dein Innerstes. Panikartig verließ ich die Festlichkeit. Ich hob meinen Rock, damit ich schneller laufen konnte, hastete an den völlig überraschten jungen Männern vorbei und floh. Meine einzige Hoffnung war nur, dass ich ihr nicht allzu viel preisgegeben hatte. Diese Seher sind wie eine Krankheit, die man nicht los wird. Sie verfolgen dich dein ganzes Leben lang. Ich konnte von Glück reden, wenn sie allein gewesen war. Einfach nur weg.

Die darauffolgenden Tage verliefen ganz normal, bis es auf einmal an meiner Haustüre schellte und ein junger Mann davorstand. Als ich sie öffnete, hatte er seinen Kopf gesenkt und ich fragte ihn, ob er zu mir wolle. Dabei dachte ich mir nur: *„Warum kann dieser Mann mir nicht ins Gesicht blicken?"*, denn wenn ich mich mit jemandem unterhalte, würde ich ihm schon gerne in die Augen sehen. Wortlos hielt er mir nur ein Kuvert entgegen, gab es mir und verschwand wieder so schnell, wie er erschienen war. Noch zwischen Tür und Angel öffnete ich es. Was mir sofort auffiel war dieser aufdringliche Duft. Ein sehr edles, aber penetrantes Parfum einer feinen Dame schien dieses Kuvert einzuhüllen. Die Prägung, die sich über die ganze Front des Briefumschlages erstreckte, erkannte ich sofort. Die Lilien und das Kreuz sind das Zeichen der Familie Duval. Laut Gerüchten stand dieses Kreuz früher einmal auf dem Kopf, als Zeichen der Mätressen des Todes, und alle männlichen Nachkommen würden bei ihrer Geburt einfach verschwinden. Das Geschlecht der Duval, sagen wir die Damen, sind seit jeher die graue Eminenz von Paris.

Als ich das Kuvert öffnete, kam eine Einladung zum Vorschein:

Sehr geehrte Madame,

Die Gräfin Duval gibt sich die Ehre, Sie am kommenden Freitag um 12.00 Uhr zur Vernissage des Künstlers Henri Fantin in die Conciergerie auf der Île de la Cité einzuladen.

Gezeichnet
Gräfin Monique Duval

4. Kapitel: Vernissage

Der Diener, der mir das Eingangstor öffnete, war der gleiche, der mir die Einladung überbracht hatte. Ich erkannte ihn sofort an seiner Körperhaltung. Er kam mir vor wie ein unterwürfiges Tier, das scheu nur darauf wartete, dass etwas passierte. Wortlos führte er mich durch die Räumlichkeiten, bis wir vor einer mächtigen Tür mit Eisenbeschlägen Halt machten. Da sagte ich zu ihm:
„Moment mal, stand auf der Einladung nicht 'Vernissage'?"
Der Diener hob nur die rechte Hand um mir Einhalt zu gebieten und klopfte an die Türe. Aus dem dahinter liegenden Raum ertönte eine tiefe Stimme: „HEREIN."

Mein stummer Begleiter öffnete die Türe mit einem laut knarzenden Geräusch, ließ mich hinein und schloss sie wieder mit dem gleichen ohrenbetäubenden Krächzen. Ich betrat einen gewaltigen, sehr hoch gebauten Raum, der den Anschein eines Arbeitszimmers erweckte. An den Wänden waren lauter eingebaute Regale, gefüllt mit tausenden von Büchern: sehr alte, die nur noch aus Fetzen bestanden, gefolgt von neueren und vor allem stabileren Ausgaben. Sonst war dieser Raum sehr spartanisch eingerichtet. Kein Tisch, nur ein riesiger Ohrensessel, neben dem auf jeder Seite je ein einfacher Holzstuhl stand. Und dunkel war es in diesem Raum, weil hier irgendwie die Fenster fehlten. Nur ein seltsames rotes Licht erhellte ihn ein wenig. Als ich ein Knistern im Hintergrund vernahm, wusste ich, dass es von einem Kaminfeuer kommen musste, das wahrscheinlich von diesem Sessel verbogen wurde. Hier herrschte eine unheimliche, bedrückende Stille – bis plötzlich eine Stimme ertönte:
„Kommen Sie näher, Madame, und setzen Sie sich."
„Jetzt müssen Sie mir schon etwas erklären, wer auch immer Sie sind", antwortete ich und ging leicht verärgert in Richtung der Sitzgelegenheiten.
„Setzen Sie sich. Wir sollten reden."

Neugierig versuchte ich, einen Blick auf diese Person zu erhaschen und wand mich um den Sessel. Erstaunt riss ich die Augen auf, als ich sah, wer da mit mir sprach. Dort saß ein kleines älteres Männchen in feinem Zwirn ganz verloren in dem riesigen Sessel und zog genüsslich an einer übergroßen Pfeife. Langsam hob er sein rechtes Augenlid nach oben und deutete mit seiner Pfeife auf den Stuhl rechts von ihm. Ich setzte mich und wartete, dass er das Wort an mich richtete, doch er paffte nur vor sich hin. Es war ein abscheulicher Gestank, den dieses Ding verbreitete.

„Entschuldigen Sie", sagte ich, „aber ich möchte jetzt schon gern wissen, was ich hier soll. Denn das mit der Vernissage war ja ersichtlich nur ein Vorwand."

Da nickte er nur und starrte weiter ins Feuer. Regungslos saß er da, immer die brodelnden Flammen im Blickfeld. Ich wunderte mich nur, für wen der zweite Stuhl gedacht war. Auf einmal hörte ich wieder dieses krächzende Geräusch der schweren Eingangstüre, drehte mich schnell um, konnte aber in DIESER Dunkelheit nicht viel erkennen. Für mich ist die Nacht nichts Ungewöhnliches und normal fühle ich mich im Dunkeln sehr wohl – nur hier war alles anders. So eine Dunkelheit kannte ich nicht, denn mir kam es vor, als wäre sie lebendig und wenn man genau hinhörte, war die Stille ab und zu unterbrochen – ihr Atmen.

Ich wunderte mich nur, warum ich das Geräusch dieser Türe wieder vernahm und wollte gerade aufstehen, um nachzusehen, als ich plötzlich den zweiten Stuhl hörte. Irgendjemand schien ihn zu bewegen. Weiter kam ich nicht, denn da ergriff der alte Mann das Wort.

„Ich gehe mal davon aus, dass Sie sich kennen."

Ich streckte mich nach vorn und sah, wie der Mann mit seiner Pfeife auf den gegenüberliegenden Stuhl zeigte. Doch dieser stand so ungünstig, dass der Sessel ihn verdeckte, sodass ich mich noch weiter nach vorn strecken musste, um etwas zu sehen. Da saß auf einmal eine feine Dame mit verschränkten Beinen und grüßte mich mit verächtlichem Blick. Dies musste Madame Duval sein.

Ich zuckte zurück und ließ mich in den Stuhl fallen. Jetzt wusste ich, wem ich das Ganze zu verdanken hatte – und wenn ich ehrlich bin, dachte ich mir das bereits.

„Sie werden sich fragen, was Sie hier sollen, aber wie ich Sie einschätze, können Sie es sich bereits denken. Madame Duval hat mir von Ihnen und Ihren zwei Leben erzählt... Welches äußere Trugbild Sie zeigen und was Ihr wahres ICH ist.“

Als ich das hörte, wollte ich schon gehen, denn das waren genau die Dinge, von denen ich nichts hören wollte.

Ich fragte mich nur: *„Hat er auch das GESICHT?“*

Als ob er mich gehört hatte, antwortete er:

„Nein, habe ich nicht. Aber ich kann nicht zulassen, dass Sie mir in die Quere kommen.“

Da wurde ich stutzig und wollte es ganz genau wissen.

„Wer sind SIE?“

Da wurde der Qualm seiner Pfeife immer stärker und ich hörte ihn nur noch lachen. Immer lauter und lauter wurde er und immer dichter wurde der Qualm und verbreitete sich langsam im ganzen Raum. Dazu kam dieser Geruch, der ihn unerträglich machte. Langsam stand ich auf und entfernte mich vom Kamin, denn jetzt war mir die Sache nicht mehr geheuer. Ich liebe die Kontrolle und wenn ich etwas nicht steuern kann, werde ich unruhig.

Ich wich zurück und ging wie eine Raubkatze in Angriffsstellung, fletschte meine Zähne und meine Finger formten sich zu Krallen. Ich war auf alles gefasst. Plötzlich verstummte das teuflische Lachen und der Qualm wurde schlagartig durch den Kamin nach oben abgesaugt. Schemenhaft erkannte ich eine bis zur Decke reichende Gestalt, die da jetzt vor mir stand. Mir brannten zwar die Augen durch den Qualm, aber allein schon beim Anblick des Schattens wurde mir bewusst, mit wem ich es zu tun hatte. Mir lief es kalt den Rücken hinunter, als ich die schwarze Kutte sah und bemerkte, dass er etwas Blitzendes in der Hand hielt. Ich wich noch mehr zurück, denn alles ging so schnell, dass ich entschied, zuerst einmal den Weg nach hinten anzutreten. Plötzlich erhob die Gestalt dieses blitzende Ding und mit größter Not konnte ich zur Seite springen, um ihm auszuweichen. Das Einzige, was ich noch hörte, war ein Zischen und wie etwas Metallisches neben mir zu Boden ging. Als ich sah, was da neben mir im Boden steckte, erkannte ich, dass es sehr ernst wurde. Es war eine silberne Sense, mit der mich dieser Riese aus der Unterwelt umbringen wollte. Als er so vor mir stand, konnte ich diesen ekelhaften Geruch auch zuordnen. Es war Moder und der Geruch des Todes. Nun war mir endgültig klar, wer dieses Ungetüm war – der Tod persönlich machte mir seine Aufwartung. Mit aller Kraft zog er sein Todesspielzeug aus dem Boden und schwang es mir sofort wieder entgegen. Zu meinem Glück war der Weg, den die Sense immer zurücklegen musste, vorhersehbar und ich konnte immer ausweichen. Als der Tod erkannte, dass er meiner auf diese Weise nicht Herr wurde, winkte er seine Helferin herbei. Sie versuchte, mich zu bannen, doch diesmal war ich vorbereitet. Ich drehte mich zur Seite und wusste, dass es für den Moment an der Zeit war zu fliehen. Im Zickzack quer durch den Raum versuchte ich, ihrem Blick und der Sense ihres Meisters zu entkommen. Die Türe war für mich kein Ausweg und da es keine Fenster nach draußen gab, kam für mich nur eines infrage: der Kamin.

„Meister, sie will zum Kamin."

„*Mist, das Biest liest meine Gedanken.*"

Es entstand ein Wettlauf, denn jetzt versuchte der Tod, mir den Weg abzuschneiden. Doch ich war schneller, nutzte die Sogwirkung des Kamins und ließ mich einfach treiben. Knapp hinter mir schlug die silberne Sense ein – doch leider zu spät und ich konnte fliehen.

5. Kapitel: Auf der Flucht

Als ich endlich zuhause ankam, wusste ich, dass ich hier nicht lange bleiben konnte, denn jetzt war ich erkannt. Es war nur eine Frage der Zeit, wann sie vorbeikommen würden. Deshalb beschloss ich, mich dort zu verstecken, wo mich niemand vermuten würde:
NOTRE-DAME.
Und wenn die Zeit reif wäre, würde ich Paris verlassen, nur jetzt noch nicht. Ich packte das Notwendigste ein und nutzte die Dunkelheit, schlich mich über die Pont Neuf und musste ein wenig schmunzeln. Hat eigentlich schon einmal jemand die grotesken Masken an der Brücke gezählt? Es sind genau 384 Stück und ich fühlte mich schon ein wenig geschmeichelt, denn wenn ich es kurz erwähnen darf: mein Alter war – 384 Jahre. Hahaha.

Ich war froh, unbeschadet den Marché aux Fleurs erreicht zu haben, den Blumenladen direkt vor der Kathedrale. Es war schon Ironie des Schicksals, dass sich ein Vampir ausgerechnet in einer Kirche verstecken musste, denn hier war der letzte Ort, an dem man ihn oder sie vermuten würde. Als ich vor dem schweren Tor stand, blickte ich nach oben. Inzwischen hatte es angefangen zu regnen und die Chimären begrüßten mich mit einem gehörigen Wassersturz. Es kam mir vor, als würde ich bereits von ihnen erwartet. Ich ging hinein, blickte mich vorsichtshalber um und konnte getrost meinen Weg fortsetzen, denn sie war menschenleer.

Innen sah ich Gerüste, die Kirche war wegen Instandsetzungs-arbeiten bis auf Weiteres für den normalen Gottesdienstbetrieb gesperrt. Wie ich sah, musste auch einer der Glockenstühle erneuert werden. Der Tod würde nie herkommen, deshalb war dies für mich das ideale Versteck. Je tiefer ich in dieses Gotteshaus eindrang, desto mehr gefiel mir der Gedanke, hier zu sein. Mir kam es so vor, als ob sogar die Heiligen an den Wänden und an der Decke mir einen Blick nachwarfen. Auch wenn die Situation deutlich beängstigender war, als ich mir jetzt zugestehen wollte, nutzte ich – man möge mir verzeihen – die Kirche als Catwalk. Ich suchte die

Kathedrale nach einem geeigneten Platz zum Verweilen ab, an dem ich niemanden und niemand mich stören würde, und fand ihn schließlich unterhalb der Glocken. Ein kleiner Raum, unbenutzt und ideal für mich, denn durch den Lärm würde sich hier sicher niemand aufhalten. Hier wartete ich, denn meine Zeit war noch nicht gekommen. Eines wusste ich sicher: dem Tod konnte ich hier entkommen. Doch diese Seherin machte mir Sorgen, denn wen sie einmal, sagen wir mal 'durchleuchtet' hatte, den würde sie nicht mehr loslassen. Da gab es für mich nur eine Möglichkeit – sie musste verschwinden.

Nach drei Tagen verließ ich mein Versteck und ging am helllichten Tag an den Bouquinisten, die hier am Seineufer ihre alten Bücher verkauften, unbehelligt vorbei. Plötzlich sah ich ihren Diener und suchte Schutz hinter einem Zelt in meiner Nähe. Er suchte Bücher und als er gefunden hatte, was er suchte, bezahlte er und verschwand in den Gassen. Doch ich folgte ihm und sah, dass er in Richtung Hôtel de Lauzun ging und mich anscheinend nicht bemerkt hatte. Mir schien es fast zu leicht, ihm zu folgen. Doch plötzlich war er wie vom Erdboden verschwunden. Hatte er mich bemerkt? So sehr ich ihn auch suchte, ich konnte ihn nicht mehr finden. Mir kam die Sache komisch vor, denn irgendwie hatte ich wieder das Gefühl, nicht mehr allein zu sein. Nicht etwa in den Straßen, dort wimmelte es nur so von Menschen, sondern in mir selbst. Dieses eigenartige Gefühl verließ mich auch nicht, als ich versuchte, meine Spur zu verwischen und quer durch die Gassen von Paris schlich – erst, als ich wieder Notre-Dame erreichte. Was ich nicht bemerkte, war Madame Duval, die die ganze Zeit am Dach des Hôtel de Lauzun stand und mich beobachtete.

Als ich mein Versteck wieder betrat, wurde ich bereits erwartet. Madame stand mit verschränkten Beinen und Armen am Altar angelehnt. Ihr Blick war zu Boden gesenkt und als ich mich unwissend ihr näherte, hörte ich ihre Stimme. Nur der Schein von ein paar Kerzen an der Empore erhellte den Innenraum.
„Wie lange, meinen Sie, können Sie fliehen?"

105

Ich erschrak, denn ihre Stimme hallte durch die leere Kathedrale und wurde immer lauter, bis sie mich erreichte. Es wurde so laut, dass ich mir die Ohren zuhalten musste, denn sie sprach in einer Tonhöhe, die nur Tiere hörten. Ich krümmte mich vor Schmerzen und als sie das sah, lachte sie laut. Tick, tack, tick, tack. Langsam näherte sie sich mir und ich versuchte vergeblich, ihr auszuweichen. Plötzlich stand sie vor mir und ihr Blick bohrte sich in mein Gehirn. Fliehen war jetzt zwecklos, denn sie hatte mich in ihren Bann gezogen und saugte mich förmlich aus. Je mehr sie über mich erfuhr, desto mehr entnahm sie mir meine Energie.

Doch was sie nicht ahnte, war die Tatsache, dass ich teils Vampir, teils Mensch war. Ich wollte gar nicht fliehen – denn sie war nun genau dort, wo ich sie haben WOLLTE. Madame Duval musste mich schon für sehr naiv gehalten haben, als sie mit diesem diabolischen Lachen und überlegenen Getue auf mich zukam. Nur durfte ich mir nichts anmerken lassen, schon gar nicht daran DENKEN. Denn dann wäre die ganze Überraschung umsonst gewesen.

Je näher sie kam, desto spannender wurde es. Auf einmal blieb sie stehen und ihr Lachen verschwand, wie wenn sie etwas bemerkt hätte. Als sie nach oben blickte, erkannte sie ihre aussichtslose Lage. Starr vor Schreck, mit weit aufgerissenen Augen und Mund stand sie da und im selben Moment hörte man nur noch ein Zischen und anschließend einen lauten Knall. Mit tosendem Lärm krachte eine der tonnenschweren Glocken auf die Unglückliche, die sie leider durch ihre eigene Stimme gelockert hatte.

Als ich um die Unfallstelle ging, sah ich nur noch, wie sich eine Blutlache am Betonboden ausbreitete. Der Klöppel schien sein tödliches Werk vollbracht zu haben. Der göttlichen Strafe entkam niemand – und jetzt lachte ICH. Wie gut, dass ich mir eine weibliche, menschliche Seite, auch wenn ich ein Vampir bin, bewahrt habe: meine Neugierde. Denn als ich zuvor die Kathedrale erreicht hatte, hatte ein Blick von mir durch ein Seitenschiff genügt, um zu sehen, dass ich nicht mehr alleine war. So hatte ich genug Zeit gehabt, mein tödliches Werkzeug herzurichten. Schnell war ich über ein Gerüst in den Glockenturm gestiegen und hatte das Aufhängeseil eingeritzt, bis es nur noch an einem kleinen Stück hing. So hatte ich die Seherin nur noch auf den richtigen Platz bugsieren und warten müssen, bis meine kleine Rache zu Boden krachte. Einen Schwachpunkt hatte auch Madame Duval in ihrem Leben gehabt und diesen hatte ich ausgenutzt: Ihre Sterblichkeit war ihr zum Verhängnis geworden.

Mit zufriedenem Lächeln verließ ich Notre-Dame und konnte beruhigt auf Reisen gehen. Ohne die Gabe von Madame Duval würde es dem Tod nicht mehr so leicht fallen, mich wieder zu entdecken. Doch eines war sicher: er würde mich nie vergessen und erst zufrieden sein, wenn er mich in seinen Fängen hätte.

Doch da kennt er mich schlecht, denn in dieser Hinsicht ähneln wir uns gewaltig. So schnell gebe ich mein schönes Leben nie auf – um keinen Preis der Welt. Ich war und werde immer die Femme Fatale bleiben.

Kreuzmühle

1. Teil: Die Nacht

Es war einer der schlimmsten Stürme, die man sich vorstellen kann. Der Wind fegte nur so über die Felder und trieb den Regen vor sich her. Sogar der Mond verhüllte sein Antlitz in dieser Nacht und ließ nur wenig Licht hindurch. Die Geschöpfe der Nacht zogen es vor, sich nicht zu zeigen, als ob sie Angst vor etwas oder jemandem hätten. Irgendetwas Unheimliches lag in der Luft. Sie spürten, dass etwas Unheilvolles sich nähern würde.

Plötzlich kam aus dem Dunkel des Waldes eine Kutsche zum Vorschein. Wer bei solchem Wetter unterwegs war, musste schon einen triftigen Grund dafür haben. Der Vierspänner hatte die größte Mühe, die schwer beladene Kutsche auf dem inzwischen ausgewaschenen Weg zu halten. Der Kutscher schlug unerbittlich auf die dunklen Rösser ein. Das verschmierte Blut auf dem Rücken der Pferde wusch der Regen sofort wieder ab. Es musste ein sehr wichtiger Fahrgast sein, denn bei solch einem Wetter jagte man keinen Hund vor die Türe, geschweige denn ein Pferd durch den Wald.

Für das Gespann war die Last unter diesen Umständen doppelt so schwer. Der Weg durch den Wald wurde immer steiniger und in einer Kurve passierte dann das Unglück. Der Wagen sprang über einen großen Stein und bei der Landung zerbarst ein Rad. Das Gefährt brach nach vorne links ein, die Deichsel ging entzwei und durch die Wucht des Aufpralls wurde der Kutscher regelrecht ausgehebelt: Er flog in einem hohen Bogen nach vorne weg. Die Zügel waren um seine Handgelenke gewickelt, um die Rösser besser im Griff zu haben, aber als die Tiere just im selben Moment dem Kurvenverlauf folgten und dadurch die Richtung änderten, gab es einen Ruck und der Wagenlenker wurde mitgerissen. Als er den Boden erreichte, hörte man ein lautes Knacken, als sein Rückgrat einen wuchtigen Stein touchierte. Führerlos galoppierten die Pferde durch die Nacht mit diesem leblosen Körper im Schlepptau, bis sie in der Dunkelheit verschwanden. Unterdessen überschlug sich die Kutsche und kam an einer mächtigen Eiche zu stehen. Der Sturm wurde stärker und stärker und der Regen trommelte gegen das zerstörte Gefährt.

Auf einmal schien sich etwas darin zu bewegen und eine blutige Pranke griff plötzlich durch das kaputte Seitenfenster. Ruckartig wurde die Türe aufgestoßen und langsam kam ein Hüne von einem Mann zum Vorschein. Durch den weit nach oben reichenden Kragen seines Mantels war sein Gesicht kaum zu erkennen. Nur zwei leuchtend grüne Augen blitzten hervor. Wer konnte dies sein? Hagere Figur, ganz in Schwarz gekleidet und mit einem Dreispitz auf dem Kopf – aber das Auffällige waren diese sonderbar großen Hände und diese Augen. Offensichtlich war auch der Mond neugierig, denn es schien, als hätte er die Wolken beiseite geschoben, um den Schauplatz dieses Unfalls besonders hell zu erleuchten. Das Gepäck war ringsherum verstreut und der Wagen total zerstört. Inmitten der Lichtung stand nun diese düstere Gestalt mit gesenktem Haupt. Langsam drehte er seinen Kopf und wandte sich dem Mond zu.

Von Weitem hörte man die Wölfe heulen. Sie waren der Blutspur des nachschleifenden Leichnams des Kutschers gefolgt und fanden schließlich ihr Opfer. Doch all das berührte diesen Mann nicht. Regungslos stand er da, bis er sich plötzlich an die Brust griff und auf die Knie sank. Vorsichtig tastete er seinen Rücken ab und bemerkte, dass sich dort ein Holzsplitter in seinen Körper gebohrt hatte. Als die Deichsel zerbrochen und gegen die Eiche geprallt war, war sie ins Innere der Kutsche gerammt worden, um dort den Körper des Mannes zu treffen. Je mehr er sich bewegte, desto mehr Blut verlor er und desto schwächer wurde er. Voller Schmerzen krümmte er sich und versuchte aufzustehen. Krampfhaft drehte er sich in alle Richtungen, als ob er etwas suchen würde.

Auf einer weiteren nahegelegenen Lichtung erkannte man im Zwielicht die Umrisse eines Gebäudes. Es war eine alte Mühle und der Mond strahlte den Weg dorthin aus, als ob dieser Fremde zu ihr geführt werden sollte. Mühsam und unter größten Schmerzen schleppte sich der Unbekannte zu dem Gebäude. Je näher er kam, desto mehr wurden die Ausmaße des Bauwerks sichtbar: eindrucksvoll, mit wuchtigem, sich drehenden Wasserrad und einer herrlichen Skulptur eines unbekannten Meisters im Hofe stehend. Bei näherem Hinsehen konnte man meinen, dass diese Figur einer Dame wahrhaftig lebte. Als der Fremde sie passierte, veränderte sich das schöne lächelnde Gesicht in eine Fratze, der man förmlich die Angst ansah.

Tief schnaufend erreichte er das Hauptportal und griff nach dem Ring an der wuchtigen Türe. Der Hüne schlug dieses schwere Metallstück so auf den Anschlag, dass bei jedem Klopfen, das Innere der Mühle erbebte. Nach einer Zeit hörte man, wie sich schlürfend jemand dem Eingang von innen näherte.

Ganz sacht wurde die Türe geöffnet und ein kleiner Mönch schaute ängstlich heraus. Als er den Fremden, der zwei Köpfe größer war als er selbst, erblickte, versuchte er, schnell die Türe wieder zu verschließen – doch es war zu spät. Der Fremde hatte inzwischen unbemerkt seinen Fuß zwischen Tür und Angel gestellt und packte den Glaubensbruder am Hals. Er hob ihn hoch, blickte ihm in die Augen und drückte langsam zu. Dann stieß er mit seinem Fuß die Türe auf und beide verschwanden im Innern. Von dem Mönch war kein Laut mehr zu hören – auch nicht, als sein Hals durchtrennt wurde und die Korpusteile zu Staub zerfielen, als sie den Boden erreichten.

Seit jener Nacht, so sagt die Legende, wurde keiner der sieben Mönche, die in dieser Mühle ihrem Handwerk nachgingen, je mehr lebendig gesehen. Die Alten erzählen, dass man zu Samhain, wenn unsere und die 'andere' Welt sich nahe kommen, diesen Ort meiden sollte. Denn dann würden sich die Sieben auf einen Marsch auf die Pfaffenköpfe begeben und jeder, der sich ihnen in den Weg stellt, sei des Todes.

Wer dieser Mann war und was er wollte, wurde nie bekannt. Nur wenn man den Namen KREUZMÜHLE hört, erinnert sich jeder sofort an die Legende vom Unbekannten mit den leuchtenden Augen und den Mönchen ohne Köpfe. Doch dies ist nur der Beginn der Geschichte um die Mühle – die Hüterin vieler Geheimnisse, die nie entdeckt werden sollten.

Teil 2: Inquisition

Still wurde es um die Mühle – bis zu dem Tag, als SIE kam. Der Dreißigjährige Krieg ließ das Land im Blute tausender Unschuldiger versinken und die Schande der Hexenverbrennungen machte auch vor dem Harz nicht halt.

Es war Samhain 1622, als die Schergen der Kirche Jagd auf Marie Eisenschmied machten – ein unschuldiges Bauernkind, auserkoren, verbrannt zu werden. Sie wurde beschuldigt, die Kunst der Hexerei auszuüben und die Männer zu verzehren. So wurde sie wie ein Tier gehetzt und stand erschöpft vor dem Tor der Kreuzmühle, dem einzig noch stehenden Gebäude im ganzen Umkreis. Den Gerüchten nach geschah immer etwas Schreckliches, wenn das Wasserrad der Mühle sich zu drehen begann. Und genau diesem Geräusch folgte Marie in tiefdunkler Nacht, gefolgt von den Bluthunden.

Obwohl sie nichts Gutes über diesen Ort gehört hatte, blieb ihr keine große Wahl, denn sterben wollte sie noch lange nicht. Nur weil sie sich ihre Unschuld behalten wollte und nicht dem Drängen eines Soldaten nachgekommen war, wurde sie jetzt geächtet. Die Angst, ihr Leben zu verlieren, war größer als die Furcht vor den alten Geschichten. So nahm sie all ihren Mut zusammen und betrat diesen unheilvollen Ort. Das Mädchen zitterte am ganzen Körper, als sie sich durch den engen Türspalt zwängte. Irgendwie hatte sie, seit sie in die Nähe der Kreuzmühle gekommen war, das Gefühl, beobachtet zu werden. Durch das undichte Dach schien der Mond in das baufällige Gebäude und Marie drang immer weiter ins Innere. Mit Schaudern erinnerte sie sich an die grausigen Vorfälle in den umliegenden Dörfern. Verbrannte Leichen säumten ihren Fluchtweg.

Je tiefer sie in die Mühle eindrang, desto dunkler wurde es, bis sie zu einer reich verzierten Tafel kam. Dort hielt sie inne und versuchte, mit den letzten Strahlen des Mondlichtes die Inschrift zu entziffern. Als sie die Zeilen las, erschrak sie fürchterlich, denn was dort in den Stein geschrieben stand, ließ ihr das Blut in den Adern gefrieren:

Weiche, Fremder, von diesem Ort.

Hier findest du nichts außer Mord.

Das Geheimnis wird auch dich zerstören.

Kein STERBLICHER wird dich mehr hören.

Sie zögerte, doch als sie ein Jagdhorn hörte, das immer näher kam, wusste sie, dass die Handlanger des Todes ihr dicht auf den Fersen waren. Sie nahm all ihren Mut zusammen und ging entschlossen auf die Tür zu, die im Dunkeln hinter der Steintafel zum Vorschein kam. Als sie ihre Hand ausstreckte, um den Riegel zu betätigen, öffnete sich dieser wie von Geisterhand und unter lautem Knarren gab die Tür den Blick auf das frei, was dahinter lag: Vor ihr erstreckte sich ein langer Gang. Zaghaft betrat sie ihn, als sich plötzlich links und rechts Kerzen entzündeten – immer auf Höhe der ins Innere tretenden jungen Frau. Es war, als würde ihr jemand den Weg weisen. Es kam ihr so vor, als ginge sie immer mehr in die Tiefe. Sie spürte einen kalten Luftzug, der ihr entgegenkam, aber die Augenpaare, die jede ihrer Bewegungen verfolgten, bemerkte sie nicht. Hinter den Säulen, die ihren Weg säumten, blickten aus dem Halbschatten sieben Mönche hervor. Kaum drehte sich Marie um, als sie wieder etwas von außen hörte, verschwanden die Geistlichen so schnell, wie sie erschienen waren, wieder im Dunkeln. Dann wurde der Weg immer steiler und Marie wurde wie von einem Magneten in das tiefe Schwarz vor ihr hineingezogen, immer in der Obhut ihrer unscheinbaren Begleiter.

Dann wurde es völlig finster und die Dunkelheit schien jeden noch so kleinen Lichtstrahl einfach aufzusaugen. Marie blieb stehen und versuchte, sich zu orientieren. Alles, was sie sicher erkennen konnte, waren diese Pfützen, die sie umringten und sie kam sich vor wie in einer Sackgasse. An den Wänden hallten ihre Schritte wider und sie versuchte, Ruhe zu bewahren und nicht in Panik zu geraten. Sie sagte sich die ganze Zeit, dies seien nur ihre eigenen Schritte und sie sei ganz allein. ALLEIN. Doch als sie nichts mehr hörte und langsam durchschnaufte, geschah etwas Eigenartiges: Obwohl sie sich keinen Meter rührte, vernahm sie trotzdem Schritte. Die Angst stand ihr ins Gesicht geschrieben, bis plötzlich aus der Ferne ein Licht erglomm. Es schien, als zeigte man ihr den Weg, denn wenn die Schritte ihren Verfolgern gehörten, wären sie schon sehr, sehr nah. Marie hatte nur noch einen Gedanken:

„Lauf um dein Leben!"

Je näher sie dem Licht kam, desto greller wurde es. Es blendete sie so sehr, dass sie auf den Boden blicken musste, um überhaupt etwas zu sehen. Geduckt lief sie weiter, denn sie musste es schaffen – sie wollte nur leben.

Es fiel ihr immer schwerer zu atmen, denn die Luft wurde immer stickiger und langsam war sie sich nicht mehr sicher, ob die Schritte, die sie hörte, die eigenen oder fremde waren. War sie jetzt allein oder nicht? Dann verschwand das Licht plötzlich und sie fand sich wieder in der absoluten Dunkelheit. Marie redete sich ein, dass dies alles nur ein böser Traum sei und sie gleich wieder aufwachen würde. Dort, wo sie stehen blieb, schloss sie die Augen und lehnte sich einfach zurück an die hinter ihr liegende Wand, um durchzuschnaufen.

Auf einmal bewegte sich diese vermeintliche 'Wand' und gab einen Durchgang frei. Erschrocken drehte sich Marie um und tastete dieses Loch ab. Neugierig blickte sie in das Innere, denn dort schien irgendetwas zu schimmern. Sie staunte nicht schlecht, als sie zahllose funkelnde grüne Steine sah. Sie konnte ihr Glück nicht fassen, zögerte aber dennoch, die Höhle zu betreten. Doch jetzt war sie schon so weit gekommen, dass es kein Zurück mehr gab. Marie duckte sich und kroch hinein. Da sie nicht die Hand vor Augen sah, tastete sie sich mit ihren Händen ganz vorsichtig hinein. Die Wände und der Boden waren so glitschig, wie nach sehr starkem Regen. Schnell verlor Marie den Halt und rutschte kopfüber in eine vor ihr liegende Felsspalte. Sie kam in einem großen Loch zum Liegen und bemerkte, dass dieses handbreit mit Wasser gefüllt war. Triefnass setzte sie sich auf und blickte ins Wasser. Ihr Körper war übersät von Schürfwunden und sie konnte sich vor Schmerzen kaum halten. Verzweifelt senkte sie den Kopf zwischen ihre Beine. Plötzlich bemerkte sie wieder dieses grüne Funkeln, das sich im Wasser spiegelte.

Ihr kam es vor, als würde das Licht immer stärker und sie schöpfte wieder Hoffnung, dass doch nicht alles aussichtslos wäre. Erst als ihr bewusst wurde, dass dieses Funkeln auf sie zukam, stand sie auf und presste sich vor lauter Angst an die Höhlenwand. Ganz gebannt bemerkte sie nicht, dass der Wasserspiegel unaufhörlich stieg. Erst als es schon fast zu spät war und Wasser das ganze Loch füllte, wurde es ihr bewusst, dass sie etwas unternehmen musste. Marie versuchte, sich so schnell wie möglich aus dem Loch zu befreien, doch plötzlich bemerkte sie, dass sie festgehalten wurde. Als sie sich umdrehte, um zu sehen, wer da sei, erkannte sie, dass das grüne Funkeln Augen waren und zu sieben Mönchen gehörten. Sie war so schwach, dass sie sich kaum mehr wehren konnte und von den sieben unter Wasser gezogen wurde. Langsam füllten sich ihre Lungen mit Wasser und ihre Bewegungen wurden immer langsamer, bis sie sich nicht mehr rühren konnte. Nur noch ihr Kopf schwang hin und her.

Inzwischen hatten die Schergen der Inquisition die Kreuzmühle erreicht und sie in Brand gesteckt. Im sicheren Abstand saßen sie auf ihren Pferden und freuten sich über das Feuer. Sie wussten, wenn Marie nicht freiwillig herauskam, würde sie nie mehr dieses Gebäude verlassen.

Die Flammen fraßen sich richtig in das alte Gebäude – doch plötzlich wechselte das Schauspiel seine Farbe. Verwundert blickten die Reiter zur Mühle, die jetzt in einem leuchtenden Grün erschien, und erschraken, als sich auf einmal das Eingangstor langsam und von selbst öffnete. Ihr vermeintliches Opfer trat aus den Flammen hervor. Die Schergen blickten sich nur kurz an und gaben ihren Gäulen die

Sporen, um sich das Mädchen zu schnappen. Je näher sie der Mühle kamen, desto unwilliger wurden ihre Pferde. Bis zu dem Zeitpunkt, an dem sie nicht mehr gebändigt werden konnten und ihre Reiter abwarfen, kurz bevor sie Marie erreichen konnten. Wild entschlossen standen die Reiter auf und stürmten auf Marie zu, um sich ihr Blutgeld zu verdienen. Mit geschlossenen Augen und nassem Gewand kam ihnen die vermeintliche Hexe mit gesenktem Kopf entgegen. Als der erste der Männer sie erreichte, zog er sein Schwert – und im gleichen Moment erhob das Mädchen seinen Kopf.

Drei Tage später fanden Bauern drei ganz verstörte Männer, die nur noch wirres Zeug von einer Hexe und der Kreuzmühle sprachen. Als die Bauern erkannten, wen sie da gefunden hatten, rächten sie den Tod ihrer unschuldigen Töchter. In den Geschichtsbüchern jedoch fiel dies unter den Wirren des 30-jährigen Krieges niemals auf. Nur machten die Einheimischen seit diesen Geschehnissen einen noch weiteren Bogen um die Mühle. Reisende, die unwissend an der Mühle vorbeizogen, erzählten von seltsamen Gestalten und einer unheimlichen Stimme, die man nur im Kopf vernahm:

Weiche, Fremder, von diesem Ort.
Hier findest du nichts außer Mord.
Das Geheimnis wird auch dich zerstören.
Kein STERBLICHER wird dich mehr hören.

Nach Ende des 30-jährigen Krieges gerieten auch die Geschichten der Kreuzmühle langsam in Vergessenheit. Die Jahre vergingen und der aufgeklärte Mensch dachte nicht mehr an das Übersinnliche und die damit verbundenen Geschichten. Der Lauf der Zeit holte auch die Kreuzmühle ein. Da sich aber niemand für sie verantwortlich fühlte, wurde sie kurzerhand von der öffentlichen Hand annektiert und ihr unterstellt. Doch an eines dachte niemand:
SAMHAIN stand vor der Tür – und das Böse schläft nie.

Teil 3: Rückkehr des Bösen

Wir schreiben das Jahr 1900.

Das Leben kehrte auf die Mühle zurück. Ein reicher Unbekannter hatte sie für die symbolische Summe von einem Kreuzer erworben. Schon am darauffolgenden Tag ließ er sie von seltsamen Gestalten umbauen. Niemand wagte, auch nur irgendwelche Fragen zu stellen, obwohl keiner wusste, wo diese Arbeiter auf einmal herkamen – geschweige denn der fein gekleidete Herr, der das Ganze finanzierte. Er beobachtete jeden Handgriff seiner Arbeiter mit Argusaugen. So schnell, wie sie aufgetaucht waren, verschwanden sie auch wieder, als sie ihre Arbeit erledigt hatten. Furcht einflößende, in Laken gehüllte Gestalten, die den Anweisungen ihres Herrn wortlos nachkamen. Kein Ton war zu hören, es schien fast, als steuerte er sie nur durch seine Blicke. Irgendetwas Unheimliches ging von diesem Mann aus und jeder, der ihn sah, fragte sich, ob er überhaupt ein Mensch wäre.

Als der Bürgermeister vom Rübeland auf Anraten seines Gemeinderates einen Pflichtbesuch abstattete, war er nach seiner Rückkehr nicht mehr wiederzuerkennen. Kreidebleich und völlig wirr im Kopf stotterte er nur noch: GRAF.

Nach drei Tagen verstarb das Gemeindeoberhaupt und der Arzt stellte fest, dass er irgendwie an Blutarmut gelitten hatte und meinte, er könne sich das nicht erklären. Seit diesem Vorfall vermieden alle Dorfbewohner die direkte Nähe zur Mühle. Sogar der Pfarrer weigerte sich, seine Kirche zu verlassen.

Stille kehrte in die Mühle ein, bis plötzlich eine Dame samt Gefolge an der Pforte der Mühle erschien. Bekannt wurde sie unter dem Namen „MADAME DUVAL". Diese Frau war genau das Gegenteil des Grafen und seiner stillen Arbeiter. Sie war eine herzensgute Frau mit einem strahlenden Lächeln und einer Art und Weise, die man(n) einfach gern haben musste. Ihre ewige gute Laune verbreitete sich wie ein Lauffeuer im ganzen Tal und man munkelte, dass sie mit ihrer einzigartigen Art auch den Grafen überredet hatte, ihr die Leitung der inzwischen zum Hotel mutierten Mühle zu überlassen. Denn er war plötzlich wie vom Erdboden verschwunden. Von überall kamen die Leute, denn der spezielle Service und die ausgelassene Fröhlichkeit, die die Mühle jetzt versprühte, wollte jeder von nah und fern sehen. Es hatte den Anschein, als ob man die grausige Vergangenheit einfach beiseitegeschoben hätte, um dem LEBEN den Weg freizumachen. Ein stetiges Kommen und Gehen stellte sich ein und das Geschäft florierte.

In dieser Zeit suchte der Mensch nach neuen Idealen. Ein Umbruch stand bevor, der sich langsam anbahnte. Man fand wieder zurück in die Vergangenheit und vieles, was verschwunden war, kam plötzlich wieder im neuen Gewand an die Oberfläche. Einst waren die Bewohner dieses Landes sehr mit der Natur verbunden und glaubten, dass sich überall um sie herum mystisches Leben befand. Im Wald, in jedem Baum und in jeder Pflanze. Nordische Götter hielten wieder Einzug in das sonst so aufgeklärte Europa. Alles Mystische und Unerklärliche wurde für die neue zukünftige Führung im Lande interessant, denn es könnte ihnen womöglich zu göttlicher Macht verhelfen. Doch alles sollte im Stillen, im Verborgenen geschehen. So war es nicht verwunderlich, dass sich unter die illustre Gesellschaft in der Mühle Personen mischten, die alles andere im Sinn hatten, als sich zu erholen.
Was wussten solche Leute – und vor allem: Was suchten sie hier?

Doktor Manhardt war ein anerkannter Parapsychologe, der gern mit Hypnose bei Verrückten arbeitete, um deren inneren Geist zu finden. Er nannte diesen den 'Dämon', den solche Leute in sich trugen. Der Doktor und sein Gehilfe taten so, als wären sie auf der Durchreise zu einer Tagung, doch den wahren Zweck sollte niemand mitbekommen. War es Zufall, dass die beiden genau hier ihre Reise unterbrachen?

Untertags sah man die beiden im Wald oder am nahegelegen See spazieren gehen. Bei schlechtem Wetter saßen sie auf der Veranda und lasen ganz vertieft ein Buch. Nur etwas war auffällig: Sie gingen jedem Kontakt zu anderen Gästen aus dem Weg. Sogar beim Frühstück sah man sie nur separat in einer Ecke ganz allein sitzen. Doch was sie sonst taten, sollte niemand wissen. Denn sein Gehilfe, den er Philipp nannte, war nicht irgendein Mensch, sondern sein Medium. Doktor Manhardt hatte seine Fähigkeiten, Menschen durch Hypnose zu beeinflussen, verfeinert und konnte durch diese Medien in eine andere Welt blicken. Philipp schien immer unter dem Einfluss einer Droge zu stehen, denn wenn man ihn sah, lächelte er übertrieben unnatürlich und blickte seine Gegenüber stumm mit großen Augen an.

Kurz vor Mitternacht.
In der Mühle wurde es still und Ruhe kehrte ein. Nur die Geschöpfe der Nacht begannen aufzuwachen, Wolfsgeheul schallte durch den nahegelegenen Wald und der Mond erstrahlte in voller Pracht. Aus der Ferne hörte man die Glocken der Kirche zur Mitternachtsstunde. Genau zum zwölften Läuten wurden plötzlich zwei Zimmertüren geöffnet. Im Klang der Glocken sollte niemand im Haus etwas mitbekommen. Doktor Manhardt und Philipp blickten vorsichtig in die dunklen Gänge, damit auch ja niemand sie bemerkte. Langsam schritten sie die knarrende Holztreppe hinab und durchquerten die Küche in Richtung Kellerabgang. Ganz bedacht und immer mit einem Auge hinter sich, stiegen die beiden hinab, denn keiner der Bewohner der Mühle sollte mitbekommen, was sie vorhatten. Als sie unten ankamen und das Mondlicht nur noch spärlich durch kleine Seitenfenster den Weg in dieses Gewölbe fand, zündete Manhardt eine Kerze an. Er blickte sich um und erkannte, dass dies früher wohl auch ein Wohnraum war. Kahl, leer und kalt. Nur zwei Stühle standen unter der Treppe und Manhardt gab Philipp per Kopfbewegung zu verstehen, er solle sie holen. Unterdessen suchte der Doktor einen geeigneten Platz, um die Kerze so zu positionieren, dass sie das meiste Licht spendete. Wie durch Zufall entdeckte er auf dem Sims eines zugemauerten Kamins einen Kerzenständer und

fand genau das, was er suchte. Voilà – so hatte er sich das vorgestellt. Als ob er nicht der Erste war, der diesen Wunsch hatte. Doktor Manhardt machte sich aber nicht so sehr Gedanken darüber, sondern war mit dem Kopf schon bei seiner Arbeit. Inzwischen hatte Philipp die beiden Stühle in der Mitte des Raumes, der die Form einer Kuppel hatte, vis-à-vis hingestellt und man konnte sehen, dass er dies nicht das erste Mal getan hatte.

Da saßen sie nun: Der Diener mit einem Lächeln im Gesicht und diesem starren Blick aus großen Augen und ein aufgeregter Doktor, der nervös auf seinem Stuhl hin- und herrutschte. Da die Temperaturen in diesem Untergeschoss alles andere als hoch waren, rieb sich der Doktor die Handflächen, um sich zu wärmen. Jedes Ausatmen sorgte dafür, dass seine Brillengläser schnell beschlugen. Philipp saß nur regungslos da und bekam von alldem nichts mit.

„Du fragst Dich bestimmt, warum wir die Sitzung nicht in einem der Zimmer machen...“
Als er das sagte, sah man richtig, wie er sich freute und seine Augen blitzten.
„Spürst Du es nicht? Seit wir diese Mauern betreten haben ist es so, als ob hier etwas immer präsent ist und uns beobachtet. Und hier im Keller ist es so stark, als könnte man danach greifen.“
Während er sprach versuchte er, das, was er sagte, bildlich dar-zustellen. Er tat so, als wäre etwas vor ihm und streckte die Hand aus, um es zu ergreifen. Philipp reagierte wieder nicht – wie wenn er auf etwas warten würde. Der Doktor schnaufte tief durch, schloss die Augen, senkte den Kopf und konzentrierte sich. Dann schnipste er mit den Fingern der rechten Hand und sein Medium fiel in Trance. Aus dem starren Lächeln wurde eine schreckliche Fratze und es hatte den Anschein, dass diese Person, die dem Doktor jetzt gegen-übersaß, ein anderer Philipp war – die böse Seite seines Ichs.

Manhardt betrachtete sein Gegenüber und bemerkte, dass irgend-etwas nicht stimmte. Sein Gehilfe versuchte krampfhaft, nach Luft zu ringen und langsam lief sein Gesicht rot an. Philipp riss die Augen noch mehr auf und versuchte zu schreien, doch er konnte es nicht. Manhardt erkannte, dass sein Diener in diesem Moment etwas Grauenhaftes sehen musste. Fasziniert von dem, was er sah, versuchte er, den Kontakt zu seinem Diener durch mehr Konzentration zu intensivieren. Je mehr er sich anstrengte, um mit seinen Gedanken tiefer in das Gehirn von Philipp einzudringen, desto mehr kämpfte sein Diener dagegen an, als ob er Manhardt schützen wollte vor dem, was er sah. Plötzlich spürte der Doktor einen eisigen Windstoß und der Kontakt riss ab. Er sah nur noch, wie Philipp wie erstarrt dasaß und die Augäpfel nach oben drehte. Weiteres war nicht mehr zu sehen, denn der starke Wind hatte auch die Kerze ausgeblasen und es wurde stockfinster.

Jetzt wurde es dem hartgesottenen Parapsychologen doch ein wenig unwohl. Er war zwar die Dunkelheit gewohnt, nur wenn er keinen Einfluss darauf hatte, was geschah, schmeckte ihm das überhaupt nicht. Er schnippte mit den Fingern der rechten Hand, blickte zu seinem Gegenüber und sprach.
„Philipp, wach auf. Was ist mit Dir?"
Keine Antwort, nur Stille beherrschte den Raum.
Als der Doktor dann aufstehen wollte, bemerkte er zwei Hände, die ihn so fest auf den Stuhl drückten, dass er sich nicht bewegen konnte.
„Phillip, bist Du das?"
Doch wieder war kein Laut zu hören – bis plötzlich der zweite Stuhl bewegt wurde. Ganz deutlich vernahm der Doktor Schleifgeräusche und ein tiefes Atmen ganz in seiner Nähe.
„Wer ist da? Was wollen Sie von mir? Wissen Sie nicht, wer ich bin? Und lassen Sie mich los!"
Außer diesem tiefen Schnaufen war nichts zu hören und so sehr er auch versuchte, die Laute zu lokalisieren, es gelang ihm nicht. Es war, als ob sie überall im Raum zu hören wären. Auf einmal spürte er wieder diesen eiskalten Luftzug und es schien, dass ihm zwei grüne Lichter aus der Dunkelheit entgegenkamen. Zuerst war es nur ein leichtes Aufleuchten, dann ein Blitzen, das immer stärker wurde

und zu einem grellen durchdringenden Licht wurde. Da er nicht aufstehen konnte, versuchte er, sich durch Bewegen des Stuhles zu befreien. Mit aller Kraft schwenkte er von einer Seite zur anderen, immer fester, denn dieses Licht war so intensiv, dass es schmerzte, es brannte sich langsam in seine Augen. Plötzlich barst ein Stuhlbein und Manhardt fiel samt dem Stuhl zu Boden. Er wollte sich noch abstützen, aber in der Finsternis griff er ins Nichts und knallte mit dem Kopf auf den Steinboden. Alles um ihn herum verschwamm und er wurde bewusstlos.

Ganz benommen erwachte er und hörte im Hintergrund ganz leise Stimmen.
„Hast Du gesehen? Das ist kein Gast, sondern bestimmt einer von IHNEN."
„Still, er ist erwacht."

Manhardt wusste nicht, wo ihm der Kopf stand und versuchte, sich zu orientieren. Seine Kopfschmerzen waren unerträglich und als er versuchen wollte aufzustehen, bemerkte er, dass er seine Hände nicht bewegen konnte und um ihn herum die absolute Dunkelheit herrschte. Sogar die Stimmen, die er gerade noch gehört hatte, waren still geworden. Als er erneut versuchte, sich zu rühren, spürte er, dass er auf etwas ziemlich Hartem liegen musste, denn jede Bewegung zollte ihm sein Rücken mit Schmerzen. Es musste ein Stein oder Ähnliches sein. Verzweifelt versuchte er, sich zu befreien, doch es half nichts, die Fesseln waren einfach zu stark.
„Bemühen Sie sich nicht. Zu Ihrer eigenen Sicherheit haben wir Sie festgebunden – wer weiß, was Sie noch anstellen", hörte er eine tiefe Männerstimme aus dem Dunkel heraus sagen.
„Wer sind Sie und warum werde ich festgehalten?"
Als Manhardt das sagte, wurde die Stimme energischer.

„Sie unwissender, törichter Narr spielen hier mit Gefahren, von denen Sie keine Ahnung haben. Die Ausmaße Ihres Vergehens sind nicht abzusehen. SIE sind einer dieser verachtungswürdigen, verantwortungslosen Menschen, die mit Mächten spielen, die sie nicht kontrollieren können."

Aus dem Hintergrund ertönte auf einmal die andere Stimme, die er schon beim Erwachen hörte:

„Lass ihn mich töten."

„Nein, er soll mitansehen, was er angerichtet hat. Bringt ihn nach oben."

Plötzlich hielt jemand Manhardt die Nase zu und eine weitere Person schüttete eine ekelhaft riechende Flüssigkeit in seinen Mund. Widerwillig schluckte der Doktor das unbekannte Getränk und je mehr er trank, desto abwesender wurde er. In seinen Augen blitzte es und die Schmerzen in seinem Kopf wurden stärker und immer unerträglicher. Wie in Trance lag er jetzt da und bemerkte, dass er nicht mehr gefesselt war. Sogar sehen konnte er wieder. Durch kleine Luken in der Decke dieses Raumes kamen vereinzelte Sonnenstrahlen ins Innere. Als er sich so umblickte, erkannte er, dass dies eine Art Gruft sein musste. Es hatte den Anschein eines sehr alten Familiengrabes, denn sieben Särge waren um dieses Steinding, auf dem er nun zum Sitzen gekommen war, ringsherum angelegt. Als er das, worauf er saß, näher betrachtete, bemerkte er verschiedene Zeichen auf der Platte. Neugierig sprang er herunter, drehte sich um und wischte den Staub ab. In der Mitte dieses Steines war ein großes Pentagramm eingebrannt, umringt von verschiedenen Runen, die er alle schon einmal gesehen hatte. Der Doktor hatte gefunden, was er gesucht hatte und er konnte richtig die Macht spüren, die davon ausging.

Soweit er sich erinnerte, kannte er dieses Zeichen in der Mitte nur aus dem Zusammenhang mit der Hexenverbrennung, doch wozu die Runenzeichen dienten, darauf konnte er sich keinen Reim machen. Das Ganze ergab keinen Sinn. Als er versuchte, die Steinplatte zu bewegen, scheiterte er kläglich, weil er einfach noch viel zu schwach war, egal, von welcher Seite er es auch versuchte – kein Erfolg. Als er sich jedoch noch einmal mit aller Kraft dagegenstemmte und mit seiner rechten Hand einen der Sonnenstrahlen streifte, verbrannte er sich daran. Erschrocken wich er zurück und sah, wie sein kleiner Finger einfach verkohlte. Voller Fragen saß er jetzt da und wusste nicht, wie ihm geschah.

Plötzlich erklang wieder diese dunkle Stimme aus dem Hintergrund: „Kannst Du Dir es nicht denken?"
Verwirrt blickte der Doktor um sich und stieß dabei gegen einen der sieben Särge. Dieser fiel um und zerbrach, als er den Boden berührte. Was er dann sah, ließ ihn erschaudern. Im Sarg lag nämlich ein Kuttenträger, ein Mönch – als wäre er gerade beerdigt worden.
„Du bist im Reich der Toten und das, was Du da siehst, ist das, was DU durch Deinen Leichtsinn wieder erweckt hast."
„Wie meinen Sie das?", stammelte Manhardt.
„Durch Dein Medium hast du das Portal, das wir vor Hunderten von Jahren geschlossen hatten, wieder geöffnet und das Böse zurückgeholt. UNWISSENDER MENSCH!"
„Aber wieso 'Reich der Toten'? Ich bin nicht tot!"
„Wenn Du meinst – warum verbrennt dann Dein Leib im Sonnen- licht? Wir sind Geschöpfe der Dunkelheit und du hast mein Blut getrunken. In zwei Tagen wird die Verwandlung vollendet sein."
„Meine Verwandlung? In WAS?"

Da trat derjenige, dem diese Stimme gehörte, aus dem Schatten und Dr. Manhardt sah einen gut gekleideten Herrn. Dieser hob plötzlich seinen Umhang, ließ ihn fallen – und Madame Duval kam zum Vorschein.

„Sie? Madame Duval?"

Auf einmal verhüllte sich die immer lachende Dame in eine dichte Wolke. Sie verschwand darin und als sich die Wolke nach einer Minute wieder lichtete, erschien der gut gekleidete Herr wieder vor dem Doktor.

„Sie sehen das, was ich Sie sehen lassen will. Vampire können das und töten nur, wenn sie Hunger haben – nur das, was Sie zum Leben erweckt haben, tötet immer und alles."

„Sie meinen?"

„Genau, Sie sind jetzt auch bald ein Vampir – nur ob Sie es noch ERLEBEN werden, bezweifle ich. Auch wir Vampire sind hilflos gegen diese Macht, wie Sie es nennen. Sobald das Sonnenlicht verlischt, öffnet sich dieser Sarkophag und ETUN wird entsteigen. Sie wird ein Blutbad ohnegleichen anrichten, denn jetzt ist der Bann, der ihr auferlegt worden war, gebrochen. Das Portal wurde geöffnet."

„Warum haben Sie mich nicht gleich getötet?"

„Du sollst mitansehen, wie Millionen von Menschen durch solche wie Dich sterben werden. Alles war in Ordnung, bis Ihr das Gleichgewicht der Mächte gestört habt. Es gibt dunkle Mächte, die man nicht kontrollieren kann, sondern die so einfältige Menschen wie euch manipulieren, zu ihrem Zweck gebrauchen, bis sie nicht mehr gebraucht werden. Wir, die Hüter des Todes, können Euch nicht mehr beschützen. Es ist zu spät.

Alles begann zu Samhain, alles endet zu Samhain."

In jener Nacht hörte man wieder die Worte:

Weiche, Fremder, von diesem Ort.
Hier findest du nichts außer Mord.
Das Geheimnis wird auch dich zerstören.
Kein Sterblicher wird dich mehr hören.

Obwohl Madame Duval eine düstere Zukunft vorausgesagt hatte, brachte sie es nicht über das Herz, diese auch so eintreten zu lassen, sondern setzte alles daran zu retten, was zu retten war – koste es auch ihr Leben. Sie rief alle Hüter zusammen und ein erbitterter Kampf entbrannte. Doch davon bekamen die Menschen außerhalb der Mühle nichts mit. Nach 300 Tagen wurde es wieder still in der Mühle. Etun ward nicht mehr gesehen und das Portal erneut geschlossen.

Die Hüter des Todes sind wachsam und beschützen erneut den Zugang, damit kein Sterblicher mehr in Versuchung kommt. Bis heute.

Denk an diese Worte:
Sie erscheinen als Mann oder Frau, wie sie es wollen, und werden es um keinen Preis der Welt mehr zulassen, dass dies erneut geschieht. Düster gewandet wandeln sie durch die Mühle und hüten das Geheimnis.

Die Hüter des Todes sind reich an der Zahl.
Du findest sie immer und überall.
Bevor du es wagst, solltest du wissen:
Die Mächte zu zürnen, wirst du gebissen.

# Die Spieluhr

Abschied

Wenn ich so nachdenke, fällt mir ein, dass ich mich nicht einmal richtig von IHR verabschiedet habe. Gut, ich war erst vier Jahre alt und meine Eltern zogen es vor, mir die Geschichte von einer plötzlichen Reise in ein fernes Land zu erzählen, als mir kleinem Mädchen den Tod meiner so sehr geliebten Großmutter erklären zu müssen. Doch sie kannten mich schlecht und ich fragte jeden Tag, wann sie denn wieder komme. Als sie dann nach sechs Jahren immer noch nicht zurückgekehrt war und meine Eltern der hartnäckigen Fragerei überdrüssig wurden, rutschte meinem Vater die Wahrheit heraus.

1913 – Langsam klopfte der Winter an die Türen und die Natur bereitete sich auf die Kälte vor. So auch die Menschen. Es war spät am Abend und ich stand wie erstarrt vor dem Kamin, blickte in das Feuer und mein Vater – leicht angetrunken, weil es Ärger auf den Ölfeldern gab – erzählte mir die Geschichte jener Nacht. Er saß im Ohrensessel hinter mir und ließ nichts aus. Detailliert schilderte er jeden grausamen Moment im Ableben meiner Großmutter. Ich wusste nicht, ob es nur seine 'Wahrheit', oder ob bei ihrem Ableben etwas Übersinnliches im Spiel gewesen war, so fantastisch klang das Ganze. Warum musste ich ihn auch fragen? Es war der ungünstigste Moment, den ich mir hätte aussuchen können. Der Alkohol lockerte zwar die Zunge, aber nicht alles, was er sagte, wollte ich hören. Ich war wie vor den Kopf gestoßen, als er noch hinzufügte, dass sie den Tod verdient gehabt hätte.

Niemand verdient seinen Tod – schon gar nicht meine Großmutter. Er bezeichnete sie als Ballast für die ganze Familie und des Lebens müde. Jetzt zeigte er sein wahres Gesicht. Der Spruch, dass Betrunkene und Kinder die Wahrheit sagen, zeigte einmal mehr seine Berechtigung. Nur eins vergaß er, dass meine Oma zwar mit 85 Jahren nicht mehr die Schnellste war, aber das Leben über alles liebte. Kein Fest ohne sie. Seine Worte wurden immer schlimmer und langsam zeigte sich, dass seine negative Haltung einen anderen Grund hatte. Großmutter mochte ihn nicht... Sie sagte, sie durchschaue sein falsches Spiel, und solange sie am Leben war, beobachtete sie ihn ganz genau, damit er keine Macht auf Mansford Manor bekam.

Je mehr er über Großmutter herzog, desto mehr fixierte sich mein Blick ins Feuer. Ich konzentrierte mich immer mehr, um den Worten dieses sich langsam in Rage bringenden Schwachsinnigen nicht mehr folgen zu müssen. Da fasste ich den Entschluss: Ich musste der Sache auf den Grund gehen, egal was ich finden würde. Das schwor ich beim lodernden Feuer. Als ob die Flamme meine Gedanken gehört hätte, zischte es und sie spiegelte sich in meinen Augen. Im Hintergrund hörte ich ihn noch mehr schimpfen. Ich konnte es einfach nicht mehr ertragen, schloss die Augen und flüsterte:
„Bitte lass ihn einfach aufhören, so über den Menschen, der mir so viel bedeutet hat, zu lästern. Bitte!"

Als ich mich langsam umdrehte und meine Augen öffnete, erschrak mein Vater fürchterlich. Er erwartete eigentlich, dass ich in Tränen ausbrechen würde. Doch er sah nur die lodernden Flammen in meinen Augen. Mit tief gesenktem Haupt ging ich wütend auf ihn zu und zeigte mit dem rechten Zeigefinger bei ausgestreckter Hand direkt auf ihn. Dann erhob ich meine Stimme und wollte ihn zurechtweisen. Doch diese tiefe, durchdringende Stimme gehörte nicht mir.

Jetzt riss mein Vater die Augen auf und wich zurück. Er presste sich in den Sessel und zitterte, als ob er den Teufel persönlich gesehen hätte. Je näher ich ihm kam, desto mehr stand ihm die Angst im Gesicht und er kauerte sich ganz in eine Ecke des riesigen Stuhles. Richtig verloren sah er aus. Der Schweiß lief ihm über Stirn und Gesicht. Am Hals erkannte man pochend den erhöhten Pulsschlag. Plötzlich zuckte er zusammen und griff sich an die Brust. Kreidebleich wurde sein Gesicht. Auf einmal flog ein Rabe durch ein halb geöffnetes Fenster in den Raum und setzte sich auf den Rand des Kamins. Ganz genau beobachtete er meinen um Sauerstoff kämpfenden Vater. Dieser japste und versuchte zu atmen, immer unter Obhut des Raben. Das Tier ließ ihn keinen Augenblick aus den Augen. Plötzlich streckte sich mein Vater, als ob er einen Strom-schlag bekommen hatte, und fiel gleich darauf wie ein nasser Sack in den Sessel. Mit weit aufgerissenen Augen lag er nun da und sagte kein Wort mehr. Sogleich verschwand der Rabe krächzend auf dem gleichen Weg, wie er im Zimmer plötzlich erschienen war.

Ich schüttelte meinen Kopf und kam mir vor, als ob ich gerade einen sehr lebendigen Traum gehabt hatte – oder war das die Realität? Der Schädel brummte und als ich das am Boden liegende Glas aufnahm, spiegelten sich meine Augen darin. Nichts war mehr von den lodernden Flammenaugen zu sehen. Ich konnte mir das Ganze nicht erklären. Ab diesem Moment erkannte ich jedoch, dass hinter dem Tod meiner Großmutter mehr steckte und keine Reise ohne Wiederkehr sein würde. Ich beschloss, meine Großmutter zurück-zuholen.
UM JEDEN PREIS.

Da lag er nun, mein Vater – aber ich muss sagen, dass mich dies wenig berührte. Mein Gefühl für ihn war kalt. Eiskalt. Nicht so bei meiner Großmutter. Aber dies war ja auch nur natürlich, denn sie hatte für mich Mutter und Vater ersetzt. Meine Eltern waren mehr mit ihrer Arbeit verbunden gewesen, als mit ihrem Kind. So hatte ich auch das Gefühl, diesen Herrn vor mir überhaupt nicht zu kennen. Mein Inneres sagte zu mir, dass dies gar nicht mein Vater sei. Bei der Beerdigung kam es dann ans Tageslicht, denn dieser Herr wurde nicht in der Familiengruft im Inneren von Mansford Manor, dem großen Herrenhaus unserer Familie, begraben, sondern auf dem Gemeindefriedhof. Meine Mutter hatte es angeordnet, denn in die Gruft durften nur leibliche Familienmitglieder. 'Vater' hatte nur seine Rolle gespielt.

Er war als ein Anderer von einer Reise zurückgekehrt und nur Mutter bemerkte es. Sagen wir lieber, sie sah es, denn sie hat das Dritte Gesicht und kann in die Zukunft sehen. Er sah zwar aus wie mein Vater und benahm sich auch so, aber er war es nicht. Irgendetwas hatte er an sich, was meiner Mutter Angst machte. So viel, dass sie schwieg. Doch meine Großmutter, die die besondere Gabe hatte, durch die Augen in die Seele der Menschen zu sehen, konfrontierte diesen Fremden damit. Dunkelste Abgründe taten sich für sie auf. Doch meine Mutter nahm ihn in Schutz und aus Rücksicht auf mich und ihre Tochter schwieg meine Großmutter seit diesem Abend. Das Verhältnis war seitdem mehr als gespannt. Jeder beobachtete jeden. Hinter vorgehaltener Hand bezeichnete sie ihn einmal als Handlanger des Teufels und er würde schon sehen, was er davon habe. Jedem konnte er etwas vormachen, nur nicht IHR.

Beunruhigend war daher die Tatsache, dass beim Tod von Großmutter der einzige Zeuge mein sogenannter 'Vater' gewesen war. Doch jetzt war auch er verstorben und wir konnten wieder durchatmen. In einer stillen Stunde erzählte mir meine Mutter etwas aus der Geschichte unserer Familie und den glücklichen Umständen unseres Reichtums, den dieser Kerl leider beinahe ruiniert hatte.

Geschichte

Einst kam unsere Familie aus England. Simon Earl of Mansford der Erste musste seine Heimat samt seiner schwangeren Frau Hals über Kopf verlassen, denn die Höhe seiner Spielschulden ließ seine Gläubiger schon befürchten, er könnte fluchtartig verschwinden. Und so war es auch. Simon und seine kleine Familie nahmen das erste Schiff nach Amerika. Doch bevor sie die Heimat verließen, musste er seiner Frau Gwendoline du Pont versprechen, mit dem Spielen aufzuhören. Sie wollten ein ganz neues Leben beginnen. Amerika bot zu diesem Zeitpunkt die besten Voraussetzungen dafür: Die britische Krone schickte sowieso nur unerwünschte Personen dorthin, sodass die beiden nicht besonders auffielen. Simon und Gwendoline träumten von einem eigenen Anwesen mit vielen Kindern und vielen Tieren. Doch sie wurden in Amerika nicht mit offenen Armen empfangen, sondern gleich bei ihrer Ankunft überfallen. In einer dunklen Gasse am Hafen lauerte man ihnen auf und nahm ihnen alles, was sie besaßen. Mittellos standen sie jetzt da und waren der Verzweiflung nahe.

Doch plötzlich bot ihnen ein dunkel gekleideter Herr ein Spiel an. Er wollte mit Simon um den Besitz eines Feldes spielen. Es lag im Niemandsland, aber dieser Herr versprach ihnen, dort läge ihre Zukunft. Ohne nachzudenken nahm Simon das Angebot an. Leichter als gedacht gewann unser Vorfahre die Besitzurkunde. Auf die Frage seiner Frau, was dieser Mann eigentlich von Simon als Pfand gewollt hatte, überlegte er kurz und antwortete nur: „Nichts". Da kamen in Gwendoline leichte Zweifel auf, ob dies alles mit rechten Dingen zugegangen war. Doch Simon, jetzt endlich Grundbesitzer, hörte nicht auf sie, sondern dachte nur noch an „ihr Land – ihre Zukunft".

Als sie jedoch diesen Flecken Erde erstmals betraten, sahen sie, dass das 'Feld' mehr einer Steinwüste glich, als einer blühenden Wiese. Die beiden mühten sich jeden Tag ab, um das Land urbar zu machen, aber die Steine wurden und wurden nicht weniger. Mit kleineren Arbeiten hielten sie sich über Wasser, doch irgendwann waren alle Reserven erschöpft und sie dachten daran, aufzugeben. Wie gerufen kam plötzlich dieser dunkel gekleidete Herr wieder zum Vorschein und machte Simon erneut ein Angebot. Ein weiteres Spiel, doch diesmal um einen Goldschatz, den der Sieger bekam. Nun war Simon aber vorsichtiger und fragte, was sein Einsatz wäre, falls er verlieren würde. Der Mann antwortete nur, er müsse nichts tun, außer dem bestehenden Vertrag eine Klausel hinzuzufügen und mit seinem Blut zu unterschreiben. Auf die Frage, um welche Klausel es sich handelte, bekam er nur die Antwort, er würde es ja schon sehen. Geblendet von dem Gold, das der mysteriöse Mann auf den Tisch legte, hakte Simon nicht weiter nach, sondern dachte nur an seine Frau. Aber er bestand darauf, sie zu fragen, ob er unterzeichnen solle, sobald sie aus der Stadt zurück wäre. Bis dahin sollte noch der alte Vertrag gelten. Der dunkle Fremde willigte sofort ein.

Es sollte das 'Spiel der Spiele' werden und über sieben Partien gehen, die jedoch alle gewonnen werden müssten. Der Earl sah nur das Geld und bemerkte nicht, wie sich die Partien aneinander häuften. Komisch war nur, dass er immer sechs gewinnen konnte, nur die siebte jedes Mal verlor, sodass das Ganze wieder von vorne begann. Der Alkohol, der nebenbei floss und der Ehrgeiz des Earls taten ein Übriges. Die Partie dauerte Stunden und der Earl konnte kaum mehr sitzen, geschweige denn sich konzentrieren. Just in diesem Moment konterte der dunkle Herr und stand kurz vor dem Gewinn aller sieben Partien. Er ließ dem Earl keine Chance. Kurz bevor er seine Karten ablegte, wiederholte er seine Frage, ob Simon nicht doch lieber unterzeichnen wolle, denn auch wenn er jetzt verlieren würde, ginge er durch besagte Klausel als Sieger hervor. Nicht ahnend, was er tat, unterzeichnete Simon Earl of Mansford der Erste diesen Vertrag erneut, nur diesmal mit einer weiteren Klausel und mit seinem Blut – denn was hatte er noch zu verlieren?

In der Klausel stand geschrieben, dass er, falls er verlieren sollte, Simon, der Earl of Mansford der Erste und die Seinen, für alle Zeiten mit diesem Flecken Erde verbunden sein würden. Sollten einer von ihnen es jedoch wagen, ihn dauerhaft zu verlassen, würde dem Herrscher der Unterwelt das Recht zustehen, mit seinem Heer der Untoten die Oberwelt der Hölle gleichzumachen.

Als der Vertrag unterzeichnet war, lüftete der dunkle Herr sein Geheimnis und gab sich zu erkennen. Er nahm den Hut ab und zog den Mantel aus. Jetzt erkannte Simon, mit wem er da gespielt und gegen wen er gerade verloren hatte. Mephisto, der Teufel höchstpersönlich, stand vor ihm und lachte ihn aus.

Simon wurde so zum Werkzeug des Teufels, welcher immer versucht, die Schwächen der Menschen auszunutzen. Durch jene Gestrauchelten – diejenigen, die bereits alles verloren hatten – wurde es ihm leicht gemacht, Boden in der Oberwelt zu gewinnen. Die Spielsucht ist eine Leidenschaft, die Mephisto mit vielen Menschen teilt – nur egal, wie ein Spiel ausgeht, der Teufel gewinnt immer.

Doch sein Umtreiben wurde auch von der Gegenseite beobachtet und als Mephisto den gebrochenen Earl einfach mitten in dieser Steinwüste zurückließ, erschien ihm Santurio, ein Abgesandter des Himmels und halb Mensch, halb Engel. Da der geschlossene Vertrag mit Blut besiegelt worden war, war er auch für die Oberwelt bindend. Doch Santurio machte Simon ein weiteres Angebot. Eine zusätzliche Klausel wurde mit Blut besiegelt: Solange er auf diesem Fleckchen Erde bleibe, solle er reich belohnt werden. Des Weiteren solle dieser Vertrag zu Staub zerfallen, sobald einer der Unterzeichnenden dagegen bricht.

So war es für den Earl und die Seinen erträglicher, dieses Spiel verloren zu haben. Der Teufel aber brauchte jetzt nur zu warten. Zur Erinnerung wurde in einem großen Felsen, der tief ins Innere der Erde ging, eine Familiengruft errichtet und an deren Eingang folgender Spruch in den Fels geschlagen:

In dunkelster Nacht, wenn der Bote erwacht.

Sein Ruf wird erschallen, durch Mansfords Hallen.

Armeen der Schatten werden sich zeigen.

Ehrfürchtig vor den Earls verneigen.

Doch eins sei gesagt und niemals gewagt.

Die Toten zu tragen, fern, wo sie einst lagen.

Mansfords Pakt darf niemals brechen.

Mephisto würde sich wortlos rächen.

Später fand man auf dem Land Öl und auf dem Stein wurde Mansford Manor errichtet, ein gewaltiger Bau mit Säulen umringt und Hallen so groß wie drei Fußballfelder. Der versprochene Reichtum stellte sich ein, aber dieser unsichtbare Pakt mit dem Teufel prägte seitdem unsere Familie.

Als meine Mutter das sagte, weinte sie fürchterlich.
Von diesem Zeitpunkt an lebte ich mit meiner Mutter und Jason, dem einzigen Diener, der uns nicht verlassen hatte, allein in Mansford Manor. Das einzige Andenken, das mir an meine Großmutter geblieben war, war die Spieluhr, die sie mir geschenkt hatte, bevor sie von uns gegangen war. Sie hatte sie mir mit den Worten gegeben, dass diese wundersame Melodie uns immer miteinander verbinden würde. Bis jetzt hatte ich nicht verstanden, was sie damit gemeint hatte, denn als ich das Ding damals ausprobieren wollte, war nichts zu hören gewesen. Ich hatte sie aufgezogen und die wunderschöne Ballerina in ihrem rosa Kleidchen hatte sich im Kreise auf einem Fuß gedreht. Nur keine Melodie war zu hören gewesen. Auf meine Frage, ob sie denn kaputt sei, hatte meine Großmutter nur gelacht und geantwortet: „DIE ZEIT IST NOCH NICHT REIF".

Wenn ich an früher denke, kann ich mich eigentlich an jeden Tag ganz genau erinnern. Es ist, als ob ich sekundengenau jede Szene dieses 'Lebensfilms' aufrufen könnte. Mein Doktor meinte damals, dass ich für ein zehnjähriges Mädchen schon sehr, sehr weit entwickelt sei. Er faselte etwas von einem Quantensprung in der Evolution. Mein Gehirn arbeite schneller, genauer und effizienter als bei allen anderen Menschen. Laut seiner These lag dies an der besonderen Lage von Mansford Manor. Dieser „Teufelsstein", wie er ihn nannte, verändere alles, was in seiner Nähe oder auf ihm lebte. (Andere Wissenschaftler kamen zu der Auffassung, dass meine Gehirnstränge in der Pubertät einfach den direkten Weg gingen und ich deshalb ein gewaltiges, immer abzurufendes Kurzzeitgedächtnis hätte.)

Was macht den Ort, an dem ich geboren wurde, so besonders? Mansford Manor liegt umringt von Ölfeldern auf einem Stein, der wie ein Dorn in der Erde steckt. Wie tief er in die Erde geht, weiß niemand. Nur es scheint so, als ob er immer eine besondere Wärme ausstrahlt. Dieser Stein verändert alles um sich herum. Niemand weiß seinen genauen Namen, deshalb gab man ihm den Spitznamen „Teufelsstein". Nur wir wissen, wie recht man damit hatte.

Halloween

Halloween stand vor der Tür und ich wollte mich mit meinen Freunden treffen, um die Gegend unsicher zu machen. Das würde ein Spaß werden, Süßes zu bekommen, Leute zu erschrecken oder Häuser zu beschmieren. Tagelang hatte ich schon die Sprüche geübt. Freudestrahlend verkleidete ich mich als Hexe von Oz mit großem Hut und schiefer Nase. Ich riss die Haustüre auf und wollte mich gerade, sozusagen im Vorbeigehen, bei meiner Mutter verabschieden – ganz schnell, denn nicht, dass sie wieder ihre Meinung änderte, wie es des Öfteren schon passiert war. Ich blickte mich nur um, um zu sehen, ob sie nicht irgendwo stand, und lief los. Plötzlich tauchte vor mir ein riesiger Mann im grauen Anzug auf. Er sagte kein Wort. Ich schätze, er hatte auch keine Zeit, denn wir krachten mit so einer Wucht zusammen, dass es uns beide umwarf. Ganz benommen rappelte ich mich auf, streckte mich, weil mir alle Knochen wehtaten, und bemerkte meinen brummenden Schädel. Vor Schmerzen konnte ich kaum meine Augen öffnen und versuchte zu erkennen, was vor mir war. Dort lag dieser große Kerl ganz regungslos und ich ließ mich zurücksinken. Als ich mir die Augen zuhielt, dachte ich nur:

„Oh Mann, hoffentlich hat sie es nicht gehört.“

Plötzlich spürte ich einen Blick – und diesen kannte ich genau. Als ich zaghaft meine Augen öffnete, sah ich wieder dieses Durchdringende in ihren Augen. Dieser Blick war einer der Gründe, warum ich die ersten Jahre meines Lebens nur bei meiner Großmutter verbrachte. Meine Mutter ist ein Pulverfass. Sie kann von einem Moment auf den nächsten solche Stimmungs-schwankungen haben, dass meine Pubertät eine Kleinigkeit dagegen war. Wenn sie kocht – sagen wir lieber: sich langsam hochschaukelt – ist es besser, ihr aus dem Weg zu gehen. Langsam lief ihr Gesicht rot an, der Blick wurde immer stechender und die Hände fingen an zu zittern. Ich vermutete, dass dies das Ende von Halloween für mich war. Mit großen unschuldigen Augen blickte ich sie an und zuckte mit den Schultern. Ich war auf alles gefasst, doch sie schüttelte nur den Kopf, drehte sich um und ging in Richtung Esszimmer.

Was danach folgte, ist schnell erklärt:
15 Minuten Anschreien, drei Minuten Entschuldigen, dass sie mich angeschrien hatte und fünf Minuten Versöhnung mit dem Versprechen, ihr das nächste Mal Bescheid zu geben. Und das war es mit Halloween – ich bekam Hausarrest für das Nichtssagen.

Auf meine Frage, wohin eigentlich der Mann verschwunden war, der vor der Tür gestanden und in den ich hinein gelaufen war, antwortete sie nur: „Welchen Mann meinst Du?" Da wäre niemand gewesen und dass ich womöglich gegen die geschlossene Türe gelaufen sei, ohne zu schauen. Nur was sie sich nicht erklären konnte, war die offene Tür und diese seltsame große, weiße Feder, die am Boden lag.

„Sandra (das bin übrigens ich und meine Mutter heißt Veronika Mansford), langsam mache ich mir Sorgen. In letzter Zeit häufen sich meine Träume. Und es sind nicht nur gute darunter. Es geht sogar so weit, dass ich am Tag diese Visionen habe. Irgendetwas wird passieren und ich kann Dir nicht sagen, was. Meine Kräfte schwinden und die Kopfschmerzen werden immer größer."
„Aber Mum, Du hast doch immer Visionen."
„Schon, nur nicht solche. Ich sehe nur lodernde Flammen und höre Schreie."
Man muss wissen, dass meine Mutter 'die GABE' hat. Es gibt nur wenige Menschen, die – wie sie – die absolute Zukunft sehen können. Wie ich in meinem Gedächtnis exakt zurückgehen kann, ist es meiner Mutter gegeben, genau an einen Zeitpunkt in der Zukunft zu gehen. Dadurch verdient sie auch das Geld, mit dem wir uns dieses luxuriöse Anwesen Mansford Manor leisten können. Doch wir hatten noch nie den Wunsch gehabt, woanders zu sein. Als sie mir diese jüngsten Visionen schilderte, weinte sie fürchterlich und ich versuchte, sie zu trösten. Dann brachte ich sie in ihre Räume zum Ausruhen.

Von Weitem hörte ich die anderen Kinder Sprüche aufsagen, als ich so ganz allein gelangweilt aus meinem Fenster auf das Dorf gegenüber blickte. Ich stützte mich auf meine Ellenbogen, legte mein Gesicht in meine Handflächen und wartete, dass irgendetwas passieren würde. Doch nichts. Absolute Stille. Gähnende Langeweile stellte sich ein.

Bis plötzlich eine Melodie erklang. Neugierig ging ich dieser Musik nach und fand auch, wo sie herkam. Aus meinem großen Kleiderschrank. Dort bewahrte ich die Sachen auf, die ich von Zeit zu Zeit zum Spielen benutzte. Ich konnte mir keinen Reim darauf machen, wo diese Musik herkam und öffnete vorsichtig die Türe. Langsam fiel ein wenig Licht von einer Kerze, die auf der gegenüberliegenden Kommode stand, in den Innenraum des Schrankes. Irgendetwas zappelte ganz hinten in der rechten Ecke. Als das Licht darauf fiel, erkannte ich meine alte Spieluhr, die versuchte, sich zu drehen, aber an den anderen Spielzeugen festhing. Sie lief kurz an und stoppte. Damit ich sie in diesem bauchigen Schrank erreichen konnte, musste ich mich gehörig strecken. Ich packte sie und zog sie samt zwei weiteren Spielsachen, die sich an ihr verheddert hatten, heraus. Ich freute mich, denn die Spieluhr hatte ich schon ganz vergessen. Nur: Das letzte Mal ging sie nicht, aber jetzt hörte ich diese Melodie. Ich setzte mich auf den Boden vor das Fenster, um durch den aufsteigenden Mond mehr zu sehen. Direkt vor mir stellte ich meine Spieluhr hin und versuchte, sie aufzuziehen. Aber es ging nicht, denn irgendetwas klemmte. Egal, wie oft ich es probierte – nichts half. Es hatte sich nichts geändert. Gelangweilt wollte ich sie schon wieder wegräumen, als plötzlich draußen etwas geschah.

Schüsse fielen und von Weitem hörte man Wolfsgeheul. Von meinem Fenster im 2. Stock konnte ich die Mündungsfeuer in der Ferne ganz genau sehen. Anscheinend trieb der Hunger ein Rudel Wölfe ins Tal. Jetzt war ich schon froh, dass ich nicht um die Häuser gezogen war. Gebannt folgte ich dem Schauspiel in der Nacht und sah, wie unser alter Diener bei uns alles dichtmachte. Doch was hinter mir geschah, bemerkte ich erst, als sich ein Funkeln in der Fensterscheibe widerspiegelte. Langsam drehte ich mich um und sah, wie die Spieluhr anfing, sich zu bewegen. Die Ballerina zog immer schneller werdende Kreise und dieses Funkeln wurde stärker. Es waren Sterne, die sich um die tanzende Frau in Form eines Trichters bewegten. Das Ganze glich einem Lichtkegel, in dem die Ballerina langsam abhob und nach oben getragen wurde. Auf einmal zerfiel dieses Mädchen und ich erschrak, als lauter ganz kleine Teile entstanden. Sie zerfiel immer weiter, bis nur noch ein Nebel mitten in diesem Lichtkegel schwebte. Zuerst breitete er sich langsam über die Spieluhr aus, dann formte er sich zu einer sich schnell drehenden Kugel. Fasziniert blickte ich auf das Schauspiel, als aus der Kugel ein Kopf wurde und dieser mit mir sprach. Es war Großmutter und die Melodie erklang wieder. Mit großen Augen setzte ich mich jetzt vor die Spieluhr und wartete, was passieren würde.

„Sandra, hörst Du mich?" Es war die Stimme meiner Großmutter, die ich da laut und deutlich vernahm.
Fasziniert von dem ganzen Leuchten und dem Kopf antwortete ich nur:
„Natürlich, aber was machst Du in meiner Spieluhr und warum?"
„Sandra, Du musst jetzt ganz genau aufpassen. Erinnerst Du Dich an Mephisto?"
„Ja sicher." Gebannt blickte ich auf den schwebenden Kopf. Oma sprach zwar mit mir, aber sie bewegte ihre Lippen nicht. Ich versuchte, den Kopf zu fassen, konnte es aber nicht und griff nur ins Leere.
„Sandra, hörst Du mir eigentlich zu?"
Es war für mich viel interessanter, mit diesem Kopf zu spielen oder die herumfliegenden Sterne zu fangen.
„Sandra, lass den Unsinn!" Plötzlich wurde der Kopf größer und größer...
Ich erschrak so fürchterlich, dass ich mit weit aufgerissenen, angstvollen Augen nach hinten auswich.

„Hörst Du mir jetzt zu?"

„Ja, ja", stammelte ich nur, als der Kopf bis zur Decke reichte.

„Mephisto ist zurück. Er hat sich bereits in die Gedanken Deiner Mutter eingeschlichen und will mit ihrer Hilfe meine Leiche aus der Gruft entwenden. Ich weiß nicht, wie stark Deine Mutter, meine Tochter, ist. Du musst mir helfen, bevor es zu spät ist."

„Aber Moment mal – Du lebst doch!"

„Nein, da muss ich Dich leider enttäuschen. Ich bin tot, nur mein Geist lebt in dieser Spieluhr. Jetzt beeile Dich, rette Deine Familie und die Welt. Denn wenn nur ein Toter aus der Familie der Mansfords die Gruft verlässt, wird der Teufel mit seiner Armee der Schatten die uns bekannte Welt in seine Hölle verwandeln. Wenn der Mansford Pakt gebrochen wird, ist alles vorbei. Tod und Verderben werden dann auf Erden herrschen. Unsere Familie ist seit dem Paktschluss verantwortlich dafür, dass dies nie geschieht. Wir sind die Wächter des Hölleneingangs und dieser muss immer verschlossen bleiben."

„Aber ich bin ein Kind."

„Genau deswegen kannst Du die Familie und die Welt retten. Ein unschuldiges Kind wird den Teufel besiegen. Geh hinab in die Gruft."

„Ich war noch nie in der Gruft."

„Doch, erinnere Dich, als wir Verstecken spielten. Wie Du, als ich Dich fand, über die wie Stundenzeiger einer Uhr im Kreis ange-ordneten Särge sprangst."

Langsam erinnerte ich mich daran und wusste ganz genau, wie ich gehen musste. Plötzlich wurde das Zimmer erhellt. Der Mond stand jetzt in voller Pracht vor meinem Fenster. Ich war richtig geblendet, sah nichts mehr und hörte nur noch die leiser werdende Stimme meiner Großmutter.

„Wir müssen uns in Acht nehmen, der Mond ist ein Verbündeter des Teufels. Er darf uns nicht finden. Du musst jetzt gehen. Denk daran, an früher. Solange mein Leichnam in der Gruft ist, bist Du sicher und die Schatten werden Dir nichts tun, doch sollte er den Teufelsfelsen verlassen, ..."

Mehr verstand ich nicht, denn das Mondlicht wurde immer stärker und ich musste meine Augen bedecken, da sie schon schmerzten. Tastend kroch ich zur Türe und öffnete sie. Doch bevor ich das Zimmer verließ, griff ich hinter mich, suchte und fand die Spieluhr. Schnell packte ich sie unter meinen Arm, kroch auf den Gang und drückte mit den Füßen gegen die Türe. Als ich so im Gang lag, atmete ich erstmals durch und blickte mich um. Da bemerkte ich, dass der Mond inzwischen um das Haus wanderte. Er suchte mich.

Langsam und vorsichtig ging ich Schritt für Schritt in Richtung Treppe. Nur das Licht des Mondes erhellte das Haus. Irgendwie hatte ich das Gefühl, beobachtet zu werden. Doch als ich mich umsah, war da niemand. Plötzlich schallte Wolfsgeheul durch das Haus und ich verharrte. Ich blickte hinter mich und sah meinen Schatten – nur dieser war nicht allein. Mir schien, als bemerkte er nicht, dass diese Kreaturen der Nacht um ihn herumschlichen. Ich versuchte, ihn zu warnen und wedelte mit den Händen. Doch mein Schatten blieb ohne Regung, nur diese Geschöpfe drehten sich zu mir und ich erkannte ihre rot glühenden Augen. Jetzt hatten sie mich entdeckt, doch plötzlich hielten sie inne, senkten nur den Kopf und verschwanden an der Wand Richtung Keller.

Jetzt musste es schnell gehen, der Teufel scharte seine Gesellen um sich. Krampfhaft hielt ich mich am Geländer fest, immer mit einem Auge auf den mich suchenden Mond. Immer tiefer und tiefer drang ich in das Haus, bis ich auf einmal ein seltsames Geräusch hörte und mich in einer Seitennische versteckte. Für mich klang es, als ob jemand etwas ziemlich Schweres hinter sich herzog, und zwar die Treppe herauf, direkt vor mir. Neugierig blickte ich nach vorne und erkannte sie.
MUTTER.

Also hatte der Teufel meine Mutter auf seiner Seite. Dieser Blick, wie in Trance, ganz abwesend zog sie einen Sarg mit einem Seil über der Schulter die Treppe herauf. Doch irgendetwas stimmte nicht. Es war zwar die Gestalt meiner Mutter, aber sie schnaufte tief. Zu tief für eine Frau. Vor allem spuckte sie kleine Flammen, als sie ausatmete und ein unangenehmer Schwefelgeruch lag in der Luft. Diese Person sah aus wie meine Mutter, war es aber nicht. Schnaubend und mit schweren Schritten kam sie mir entgegen. Ich wusste nicht, was ich tun sollte. Doch eines wusste ich: Ich musste sie unbedingt aufhalten. Um jeden Preis.

Plötzlich blieb diese Person stehen und streckte sich. Die Gelegenheit nutzte ich und sprang vor sie. Sicherheitshalber versteckte ich die Spieluhr hinter meinem Rücken. Wir blickten uns beide tief in die Augen und ich stellte fest, dass ich etwas von meiner Großmutter mit in die Wiege gelegt bekommen hatte, was ich bis jetzt nicht wusste: Ich konnte dieser Person direkt über die Augen in ihre Seele blicken.

Doch was ich fand, ließ mich zuerst zurückschrecken. Ich sah das abscheuliche Grauen selbst. Es war Mephisto. Er war in die Hülle meiner Mutter geschlüpft, um mich zu täuschen, um alle zu täuschen. Als er bemerkte, was ich gesehen hatte, senkte er den Kopf und eine Art schwarzer Nebel umgab ihn, langsam vom Boden aufsteigend, bis er ganz verschwunden war. Als sich der Nebel lichtete, zeigte er sich in seiner wirklichen Gestalt. Mit seinen Hufen stapfte er auf der Stelle und schnaufte wie ein altes Ross. Als ich zu Boden blickte, bemerkte ich den Grund. Er war am Ende der Steintreppe angekommen und kam irgendwie nicht vom Fleck. Mephisto konnte sich nicht bewegen. Ich blickte an meinen Füßen entlang zu Boden und erkannte die gebohnerte Holztreppe. Ein kurzer Blick zur Seite und da stand der Putzeimer unseres Dieners. Jason musste das Putzen der Treppe hier unterbrochen haben.

Ich näherte mich ihm so nah, wie es ging, und fragte ihn, wer da wohl im Sarg liegen würde, obwohl ich ja ganz genau wusste, wer es war. Da lachte er nur laut, sprach aber kein Wort. Er war schon ein furchterregendes Geschöpf, so wie er jetzt den Kopf gesenkt hatte, seine schwarzen Hörner auf mich gerichtet, und durch seinen tiefen Blick versuchte, mich zu fixieren. Ohne seinen Blick von mir zu lassen, schlug er rücklings mit dem linken Huf gegen den Sarg, sodass er aufsprang. Ich bemerkte, dass der Sarg geweiht sein musste, denn es zischte, als er ihn berührte. Er stellte sich wortlos vor den Sarg und zeigte auf den Inhalt. Ich beugte mich nach vorne, um besser zu sehen. Es war der Leichnam von Großmutter. Als ich sie so ruhig und lächelnd daliegen sah, wurde mir ganz anders.

Jetzt versuchte er, meine Gedanken zu manipulieren und zeigte mir Bilder von ihr und mir aus alten Tagen. Doch ich wusste, was er dadurch bezwecken wollte. So wollte er mich herumkriegen, den Sarg über die Schwelle zu ziehen. Was er nicht bemerkte, war die Tatsache, dass irgendjemand just in dem Moment, als er gegen den Sarg trat, den Eimer umkippte und das Wischwasser nach unten in Richtung Steintreppe lief. Als ich mich nicht gewillt zeigte, ihm zu helfen, schnaubte er wieder lautstark und scharrte die Hufe. Er war machtlos, denn bis hierhin und nicht weiter. Als er sich gerade vor mir wutentbrannt aufbäumen wollte, hörte ich schon das Stampfen seiner Hufe, nur diesmal im Wasser. Schnell griff ich die Spieluhr und hielt sie ihm entgegen.

Er wusste nicht, was er sagen sollte und hielt inne. Mephisto starrte nur verwundert auf die Spieluhr, als plötzlich diese Melodie erklang. Die Ballerina begann zu tanzen. Immer schneller drehte sie sich und der Teufel war so fasziniert davon, dass er nicht bemerkte, wie der graue Nebel langsam entwich und sich daraus eine Kugel bildete. Immer höher stieg die Ballerina und der Lichtkegel mit den Sternen begann zu leuchten. Die Augen des Teufels folgten der kleinen Tänzerin. Aus der Kugel wurde ein Kopf und dieser wurde immer größer und größer. Plötzlich stoppte die Tänzerin und fiel nach unten. Direkt in den Nebel. Als dies der Teufel sah, erschrak er und wich nach hinten aus. Dabei verlor er durch die nasse Treppe den Halt und torkelte nach hinten. Er fiel direkt in den geöffneten Sarg und schlug so hart darin auf, dass der Deckel zuklappte. Gleich darauf rutschte der Sarg die Treppe hinab in die Dunkelheit, immer tiefer, bis er nicht mehr zu erkennen war. Der Teufel wurde seitdem nicht mehr gesehen. Er hatte sich sein eigenes Grab geschaufelt, denn in einem geweihten Sarg eingesperrt, war es ihm nicht möglich, von selbst zu entweichen.

Dann kehrte Stille ein, nur das Geräusch eines zerbröselnden Steines war zu vernehmen. Ich entdeckte, dass der Stein selbst seine Inschrift vernichtete. Der Pakt mit dem Teufel bestand nicht mehr, da er versucht hatte, ihn zu brechen.

Glücklich umarmte ich den Kopf meiner Großmutter, die vorgab, als würde sie nach Luft schnappen.
Plötzlich hörten wir eine Stimme:
„Sandra, bist Du das? Was machst Du für einen Lärm?"
Als ich mich in ihre Richtung drehte, sah ich meine Mutter auf mich zukommen. Ganz verwirrt blickte sie drein. Überglücklich und erleichtert nahm ich auch meine Mutter in den Arm. Als sie den lachenden Kopf von Oma sah, sagte sie nur: „Ich glaube, das Mittel, das ich zum Einschlafen benutzt habe, hat seltsame Neben-wirkungen." Sie schüttelte ihren Kopf und gemeinsam gingen wir nach oben. Großmutter konnte sich zwar noch nicht an den Gedanken gewöhnen, mit dem Teufel in einem Sarg zu liegen, aber dies war immer noch besser als die Hölle auf Erden.

Nach aussen wollte Mutter zwar nichts von unserer Geschichte wissen, doch innerlich wusste sie Bescheid. Die große weiße Feder, die sie am nächsten Tag zwischen Holz- und Steintreppe am Boden liegend fand, hing seit diesem Tag mit der anderen, die vor der Türe gelegen hatte, über ihrem Bett. Ihr Kopf war wieder klar und sie fragte sich, welchem Vogel sie wohl gehört hatten.
Die Spieluhr hat seitdem wieder ihren festen Platz auf meinem Schreibtisch und ich nutze mein Gehirn, um der Welt als Doktorin zu dienen. So muss sich meine Mutter auch nie mehr den Kopf über unsere Zukunft zerbrechen.

# Das Legat

1. Kapitel: Der Tag wird kommen

Glaubst du an das Gute im Menschen?
Wenn ja, bist du zu beneiden. Denn ich habe den Glauben daran schon fast verloren.

Mein Leben ist eine einzige Erniedrigung.
Geboren, um zu dienen.
Die Schmach zu ertragen.
Geschunden zu werden, bis ich vor Schmerzen kaum mehr atmen kann.

ICH bin die Geisel des Teufels.
Mein Körper ist von ihrer Bosheit gekennzeichnet.
Ich bin der, den man tritt, wenn er schon am Boden liegt.
DOCH ich ertrage alles, denn ich weiß, der Tag wird kommen.
Der Tag der Vergeltung.
Denn alles kann man mir nehmen, nur nicht meinen Willen zu leben, für diesen einen Tag.

ICH bin derjenige, der wartet.
UND – sie wissen es.
SIE wissen es ganz genau. Von wem ich spreche?
Dem 'LEGAT', den drei Fürsten der Hölle.

Einst wurde ein Gegenstück erschaffen, um den Menschen zu zeigen, dass das Gute nicht allgegenwärtig ist. Doch der Mensch ist so manipulierbar – und aus dem Gleichgewicht aus Gut und Böse wurde eine Übermacht des Übels. Die Versuchung, dem Teufel zu verfallen, war wie eine Sucht. Sie breitete sich wie eine Epidemie aus. Bis es den Menschen langsam bewusst wurde, dass es kein Zurück gab.

DOCH tief in jedem Menschen keimt etwas, von dem das Böse nicht Besitz ergreifen kann. Jeder weiß, dass es so nicht weitergehen kann. Bis zu diesem einen Zeitpunkt.
Ganz sicher.
Woher ich das weiß?
Man nennt mich Hoffnung und ohne mich ist die Menschheit verloren. Einst vom Guten ausgesandt, den Menschen das zu geben, was sie am Leben hält. In Gestalt eines Engels kam ich auf die Erde und bin nun Gefangener der Höllenbrut.

DOCH ich bin in jedem Menschen.
Und der Tag wird kommen, an dem das Gute das Böse besiegen wird.

Nur – wann...

Wer ist das Legat?
Bevor das Legat zu dem wurde, was es jetzt war, waren es drei Brüder, Söhne des Warlords Samhain, die mit gnadenloser Strenge erzogen wurden. Sie lernten schon in Kindesjahren die Kunst des Krieges und des Tötens. Das Leben des Warlords bestand nur aus Krieg und Eroberung. Jede Niederlage mussten die Kinder büßen, doch sie ertrugen alles mit Würde. Jeder Sieg wurde tagelang gefeiert. Sie lernten, dass Härte ihre Macht nur noch festigte.

Doch dann kam das Unerwartete, der Warlord kehrte von einem Eroberungsfeldzug geläutert zurück. Er war von einem mächtigeren Gegner besiegt und gefangen genommen worden. Dort in dieser dreijährigen Gefangenschaft hatte er gelernt, was es heißt, gedemütigt zu werden. Schließlich war die Flucht mit einigen anderen Gefangenen zurück nach Seagull gelungen.

Die drei Brüder namens Hendall, Stantul und Montra verstanden ihren Vater nicht mehr und versuchten, ihn zur Vernunft zu bringen, als er ihnen mitteilte, dass sich alles ändern würde. Doch nichts half. Als der Warlord auch noch den Bewohnern von Seagull die Steuern erließ, sahen die Brüder ihre Einnahmen und ihre so geliebte Macht schwinden. Sie beschlossen, ihren Vater gemeinsam zu töten.

Es war düster im kleinen Zimmer, ganz oben im Wachturm, als man sich still und heimlich dort traf. Nur der Mond war der einzige Zeuge, was da geschah. Die drei Brüder saßen in der Mitte des Raumes, jeder auf einem Stuhl gegenüber und beratschlagten. Alle drei in ihren Kampfuniformen, zu allem bereit. Durch ihre zahlreichen Kriege und Kämpfe gestählt, Hünen von Männern, bewaffnet, doch unentschlossen, was zu tun sei. Schlachten wurden schon gemeinsam gekämpft und gewonnen, doch diesmal war es etwas anderes. Man kämpfte gegen den eigenen Vater. Niemand von den dreien hatte den Mut, sein Schwert gegen das eigene Blut zu er heben.
„Es ist soweit, wir können nicht mehr zuschauen", sagte Montra.
„Du hast recht, nur – er ist unser Vater. So sehr ich ihn hasse, kann ich es nicht", erwiderte Stantul.
Zustimmend nickte Hendall. So hart, wie sie sich nach außen gaben, so weich war doch ihr Herz.
„Ich würde alles dafür geben, dass er stirbt", sprach Hendall und hörte nur ein leises zustimmendes „Ja" von seinen Brüdern.

Plötzlich vernahmen die Männer eine liebliche Stimme aus einer dunklen Ecke des Turmes und sie erschraken.

„Da sind sie wohl, die drei Fürsten, die es nicht über das Herz bringen, ihren Vater zu beseitigen."

Gleichzeitig zogen sie ihr Schwert und gingen in Verteidigungsstellung.

„Wer bist Du und was willst Du von uns?", rief Hendall in das dunkle Nichts. Verwundert blickten sich die Brüder an, als sich langsam ein dichter Nebel am Boden ausbreitete und sie bemerkten, dass sich darin irgendetwas bewegte. Sie konnten es richtig hören und spüren, wie sich dieses Etwas durch den Nebel unsichtbar zwischen ihre Beine schlängelte. Schnell sprangen sie nach der Reihe hoch und stachen mit ihren Schwertern in das vermeintliche Nichts. Doch alles, was sie hörten, war das Lachen jener Stimme.

„Und Ihr wollt Krieger sein? Hahaha!"

Als der Nebel sich auflöste, war ein seltsames Rasseln zu hören und die drei Brüder blickten verwirrt in die Ecke, aus der die Stimme gekommen war. Stille kehrte ein und auf einmal trat eine wunderschöne, in Schwarz gekleidete junge Dame aus der Dunkelheit. Ihr langes Kleid war von feinstem Stoff und aus den Fledermausärmeln sah man ihre zarten Hände, die in spitzen, schwarz lackierten Fingernägeln endeten. Ihr knallroter Lippenstift und ihre stechenden schwarzen Augen zogen die Männer in ihren Bann.

„Aber, aber – Ihr werdet doch einer unschuldigen Frau nichts zuleide tun", sagte sie und schritt ihnen entgegen. Mit ihrem Zeigefinger stippte sie auf die ihr entgegengehaltenen Schwerter, die sogleich zu Staub zerfielen. Wie eine Schlange schlängelte sie sich um die Fürsten und tat ihnen schön. Die Männer standen nur wie erstarrt da und benahmen sich wie in Trance. Diese Frau verzauberte sie.

Langsam ging dieses bezaubernde Wesen ans Fenster und lachte.

„Siehst Du, wie leichtgläubig Deine Menschen sind? Das Gleichgewicht wird sich verändern und wir werden herrschen."

Plötzlich vervielfältigte sie sich und drei Stück dieser faszinierenden Frauen standen vor den Brüdern. Sie küssten sie und verschmolzen mit ihnen. Die Fürsten schüttelten sich, als diese Metamorphose vonstattenging und schlossen die Augen. Die Frauen nahmen die Gestalt der drei Fürsten an. Dann kehrte Stille ein und die Brüder standen sich vis-à-vis mit gesenktem Kopf gegenüber im Mondlicht. Ein Windstoß ging durch den Turm und wirbelte den Staub am Boden empor. Da hoben die drei ihre Schwertgriffe, die sie die ganze Zeit in ihren Händen gehalten hatten, nach oben und der herumfliegende Staub formte sich wieder zu Klingen. Die Fürsten hielten sie dann in ihrer Mitte nach oben zusammen und hoben ihre Köpfe. Zum Vorschein kamen die gleichen schwarzen Augen, wie sie die dunkle Frau gehabt hatte. Wie in Ekstase schrien die Kämpfer laut und Blut tropfte aus ihren Mündern.

Noch am gleichen Abend musste der Warlord sterben und die drei Fürsten übernahmen die Herrschaft über Festial und die Menschen von Seagull.

2. Kapitel: Sonntag

„Es wird Zeit zu gehen. Die Dämmerung wird gleich einsetzen."
Immer wenn ich diese Worte meines Vaters hörte, wusste ich, dass es schnell gehen musste. Er nahm meine kleinen Schwestern und mich mit, um uns in den sicheren Wald zu führen.
Denn es war wieder SONNTAG.

Schnell ergriffen wir unsere bereitgestellten Bündel und umarmten noch einmal unsere Mutter.
„Wir müssen gehen, Kinder, die Zeit wird sonst zu knapp."
Mit Tränen in den Augen rannten wir Hand in Hand in Richtung Wald. Als ich mich kurz umdrehte, sah ich die langsam untergehende Sonne und dachte an meine Mutter.
„Hoffentlich werden wir sie wiedersehen. Hoffentlich als MENSCH."

Am Waldrand verabschiedete sich mein Vater von uns und lief schnell zurück, um keinen Verdacht aufkommen zu lassen. Unterdessen versteckte meine Mutter alle Beweise, dass Kinder mit im Haus wohnten, und erwartete ihn sehnsüchtig.

Myriam, eine der Älteren, nahm uns Kinder in Empfang und führte uns durch das Dickicht. Ich hielt meine kleinen Schwestern ganz fest, um sie ja nicht zu verlieren. Im Schutze der Waldgeister konnte ES uns nichts anhaben.

Wir schrieben das Jahr 1786 post Diavolo. Mein Name ist Donya Fendor und zu jenem Zeitpunkt, als alles geschah, hatte ich gerade das 14. Lebensjahr erreicht. Zusammen mit meinen Schwestern, den fünfjährigen Zwillingen, und unseren Eltern wohnten wir im Dorfe Seagull, unterhalb der Burg Festial. Wir lebten als arme Bauern und in der ständigen Angst, Opfer der drei Fürsten aus der Hölle zu werden. Jeden Sonntag zur Abenddämmerung wiederholte sich das gleiche Ritual. Die drei Teufel auf Erden gingen von ihrer Burg aus auf die Jagd. Das Blut eines reinen Herzens verlängerte ihr Dasein. Deshalb wurden jeden Sonntag alle Kinder in die Obhut der

Waldgeister gegeben. Kein Erwachsener durfte je die Grenze des Waldes überschreiten – so lautete das oberste Gebot der Wächter des Waldes, um die Kinder zu beschützen.
Alles wiederholte sich, wie an jedem Sonntag.
Nur in dieser Nacht war etwas anders.

Als mein Vater sich ins Dorf zurück schlich und in Sichtweite unseres Hauses kam, bemerkte er, dass die Haustür weit offen stand. Er befürchtete das Schlimmste und rannte so schnell es ging. Je näher er kam, desto mehr vernahm er diesen modrigen Geruch. Beim Nachbarhaus blieb er noch mal kurz stehen, blickte nach links, dann nach rechts, doch er sah niemanden. Merkwürdig war nur diese Stille. Kein Vogelgezwitscher, geschweige denn ein Laut aus dem nahegelegenen Stall. Er versuchte, einen Blick ins Innere unseres Hauses zu erhaschen und sah nur den Schein einer Kerze, der sich im Glas eines Fensters widerspiegelte. Vorsichtig schlich er sich näher. Als er die Tür erreichte, riskierte er einen Blick ins Innere und erkannte meine Mutter, die am großen Holztisch nach vorn geneigt saß und fürchterlich weinte. Ängstlich blickte mein Vater in die Stube und ging auf Mutter zu, als er niemand anderen als sie sah.
Leise rief er ihr zu: „Aurea, ist alles in Ordnung?"
Als er sie erreichte, stellte er sich hinter sie und legte seine Hände auf ihre Schultern. Er beugte sich nach vorne und gab ihr einen Kuss in den Nacken.
„Bin ich froh, dass Dir nichts passiert ist. Aber wieso weinst Du? Die Kinder sind in Sicherheit, und wenn Du weiterhin bei offener Türe hier sitzt, wirst Du mir noch krank."
Schnell zog er eine zusammengelegte Decke von einer in der Nähe stehenden Bank und legte sie seiner Frau über die Schultern.
„Schatz, Du musst ja frieren, Du fühlst Dich schon ganz kalt an."

Nachdem wiederum keine Antwort kam, wurde ihm die Sache unheimlich und er wich vorsichtshalber einen Schritt zurück. Langsam erhob sich Mutter und das Weinen verstummte. Vater trat erschrocken zurück, als sie sich mit gesenktem Kopf zu ihm drehte und der Stuhl wie von Geisterhand in eine Ecke flog. Da stand sie nun vor ihm und er erkannte, dass sie etwas fest umschlossen vor ihrer Brust hielt. Im fahlen Licht des Kerzenscheins erkannte er die Umrisse einer Puppe. Als ein Windstoß das Lodern der Flamme verstärkte, sah er, dass es die Lieblingspuppe einer meiner Schwestern war. Da stockte ihm der Atem und als er wieder sprechen konnte, sagte er nur:

„Ich dachte, Du wolltest alles verstecken?"

Beim nächsten Windstoß, der durch die Stube pfiff, erkannte er, dass die Puppe voller Blut war. Er schluckte nur und spürte, wie sich seine Nackenhaare vor Angst aufstellten. Mein Vater war nicht fähig, irgendetwas zu sagen. Er dachte sich nur, als er Mutter so sah:

„Aurea, woher kommt dieses Blut?"

Als ob sie ihn gehört hätte, erhob sie ihren Kopf und er sah ihr blutverschmiertes Gesicht. Langsam öffnete sie ihre Augen und blickte ihn an. Wie von Medusas Blick in der Antike war er wie gelähmt und diesen zwei lodernden Feueraugen ausgesetzt.

Er wollte schreien, doch er konnte nicht.

Er wollte fliehen, doch er konnte nicht.

Er sah nur noch, wie sich ihr einst so schönes Gesicht veränderte. Es wurde blutleer und ihre Wangenknochen kamen zum Vorschein. Ihre Haut zeigte jede einzelne darunterliegende Ader und verfärbte sich grün. Nur ihr einst so lächelnder Mund wurde größer und ihr Kinn nach unten länger. Als sie Vater so von unten anblickte, erkannte er, wie zwei Hauer zum Vorschein kamen. 'Mutter' erhob ihre Arme und ihre Hände nahmen die Form von riesigen Krallen an, die sie benutzte, um seinen Oberkörper aufzuschlitzen. Er musste alles über sich ergehen lassen und sah, wie das Blut nur so in Strömen floss. Dann packte sie ihn, verbiss sich in seinen Hals und riss einen großen Teil heraus. Sie suhlte sich in seinem Blut, das ihr aus der klaffenden Wunde entgegen schoss, bis sein Körper blutleer war und sie seine leere Hülle zu Boden fallen ließ.

Von den ganzen Geschehnissen bekamen wir im Wald nichts mit. Die nächsten Tage verbrachten wir in Obhut der Waldgeister, in absoluter Abgeschiedenheit. Der Wald war für uns wie ein großer Abenteuerspielplatz. Doch die Abenteuer waren keine Fiktion, sondern auf wundersame Weise real. Man ließ den Gedanken der Kinder freien Lauf und jeder erlebte, was er oder sie wollte. Alle wohnten in den großen Bäumen der Vergangenheit. Wenn man sie betrat, verschwanden alle bösen Gedanken. Riesige Mammutbäume aus grauer Vorzeit – man sagte, die Waldgeister hätten dieses Paradies der Kinder geschaffen, um sie von all dem Übel fernzuhalten. Wenn man diese Riesen betrat, bestaunte man zuerst die große Halle, die einem Ballsaal glich. Drei funkelnde große Diamanten hingen von der Decke herab, die selbst aus Aber-tausenden grün schimmernder Kristalle bestand. Am Boden spiegelte sich dieses Lichtspiel, sodass es den Anschein hatte, als ob man selbst ein Teil davon war. Man versank richtig darin. Sogar die umherschweifenden Nymphen hatten diese Farbe des Lichts in ihren Haaren. Links und rechts vom großen Saal ging jeweils eine Wendeltreppe aus Blättern in die inneren oberen Stockwerke des Baumes. Und in der Mitte eine breite Treppe, die nach unten ins Erdreich führte. Die jüngeren Kinder wurden von den Feen des Waldes nach oben geführt, die Älteren nach unten geleitet. Jedes Kind hatte ein eigenes Schlafgemach und Spielzeug. Das Bett bestand aus weichem Moos und es duftete immer ganz frisch.

So behütet schlief man gerne ein und vergaß alles, was um den Wald herum geschah. Nie kam Streit auf, jeder war glücklich. Zum Essen traf man sich gemeinsam am höchsten Punkt der Bäume, wo die Nymphen schon mit einem reich gedeckten Tisch auf die Kinder warteten. Ein langer Tisch, an dessen Seiten die Kinder auf Holz-bänken Platz nahmen inmitten der Kronen der Mammutbäume und zwitschernder Vögel. Obst aus aller Herren Länder und zum Nachtisch Leckereien für alle standen bereit. Ein Paradies für Kinder, denn Erwachsene hatten im Wald keinen Einlass und wenn die Kinder zu ihren Eltern zurückkehrten, verschwand jegliche Erin-nerung aus den Gedanken der Kinder. Nur eines behielten sie – es

war schön...
Aber diesmal war etwas anders.
Ich konnte nachts nicht schlafen.

Irgendetwas hielt mich wach. Als ich spätnachts abseits der anderen Kinder so am Waldboden lag und den Mond durch die Blätter blinzeln sah, spürte ich seine Gegenwart – die Ruhe, die er ausstrahlte, inmitten der Geborgenheit der Bäume. Meine Mutter sprach oft von einer magischen Verbindung. Sie konnte es sich auch nicht erklären, aber sie unterhielt sich sogar mit ihm. Mein Vater tat dies immer als Hirngespinst ab. Aber – es war mehr. Ich erinnerte mich noch ganz genau an den Tag, als sie mir sagte, dass ich diese Gabe auch hätte und sie irgendwann nutzen würde.

Doch irgendetwas stimmte an dieser Idylle nicht, denn jedes Mal, wenn ich an meine Mutter dachte, spürte ich einen Stich im Kopf. Es musste etwas passiert sein.

Im Wald lebten die unsichtbaren Waldgeister in den Bäumen und man erzählte sich, sie seien allwissend. Deshalb beschloss ich, sie zu fragen, was passiert war. Doch keiner der in meiner Nähe stehenden Bäume gab mir Antwort auf meine Frage. Als ob sie darauf nicht antworten wollten, blieben sie nur stumm und schlossen das Blätterdach über mir noch mehr. Es schien, als hätten sie etwas zu verheimlichen. Mir kam es vor, als schirmten sie mich ab.
Ich dachte nur noch an meine Mutter und dieses Stechen wurde immer schlimmer. Hilfe suchend blickte ich umher und sah, wie Gevatter Mond durch eine Lücke zwischen den Blättern strahlte, als ob er mir helfen wollte und ich ging darauf zu. Als ich den Mondstrahl erreichte, geschah etwas Eigenartiges. Gedanken durchflossen in Windeseile meinen Kopf. Ich sah unser Dorf und meine Eltern, als wir sie verließen. Ich freute mich und strahlte. Doch da wurde plötzlich diese Verbindung unterbrochen und ich bemerkte, dass die Blätter das Durchdringen des Mondstrahles verhinderten. Ich blickte mich um und entdeckte in einiger Entfernung eine Lichtung. Schnell lief ich dorthin, immer mit diesem unguten Gedanken:

„Etwas musste passiert sein."

Als ich die Lichtung erreichte, sank ich geschwächt zu Boden und schlief ein. Mir kam es vor, als bewegten sich die Bäume.

Am nächsten Morgen erwachte ich, bedeckt von einem Blättermeer inmitten der Mammutbäume, umringt von anderen Kindern, als wäre nichts geschehen. Nur das Stechen im Kopf war immer noch da. Ich konnte es mir nicht erklären, genauso wenig, wie das sonderbare Verhalten des Waldes mir gegenüber, als ich im Kontakt mit dem Mond stand. Und welche Rolle spielten die Waldgeister?

3. Kapitel: Verrat

Bei uns im Wald gab es Kinder, die schon immer hier lebten, weil sie ihre Familien verloren hatten und nicht mehr zurückkehren konnten oder wollten. Mit meinen Schwestern Emilie und Emilia gehörte ich aber der anderen Gruppe an, denn wir hatten ja unsere Eltern noch. Den Kontakt zur Welt außerhalb des Waldes hielten unsere Älteren, die ab und zu den Wald auf Geheiß der Waldgeister verließen. Sie wurden immer in drei Geschwisterpaaren ausgeschickt, um den Kontakt zu den Eltern der Kinder aufrecht zu erhalten. Doch als nur ein Paar zurückkam war klar, dass etwas geschehen sein musste.

Als ich die Gesichter von Myriam und ihrem Bruder Kyle sah, wusste ich, dass sie keine guten Nachrichten brachten, als sie auf mich zukamen. Ich saß gerade an einen Baum gelehnt im Gras und sah den anderen Kindern beim Herumtollen zu.
„Donya, es ist besser, wenn Ihr hier bleibt", sagte Kyle, als sie beide mit gesenktem Kopf vor mir standen.
„Wieso, was ist passiert?", fragte ich.
„Deine Eltern..."
Weiter kam er nicht, denn die Zwillinge standen auf einmal vor ihm, starrten ihn fragend an und er stockte. Ich bemerkte genau, dass er mir nicht in die Augen sehen konnte, ebensowenig seine Schwester. Da fuhr Myriam dazwischen, nahm meine Schwestern an den Händen, redete ihnen gut zu und führte sie zu den anderen Kindern, die am nahegelegenen Bachlauf spielten.

„Jetzt sprich, was ist mit unseren Eltern?", fuhr ich ihn wütend an.
„Du hast vorhin etwas angefangen..."
„Deine Schwestern sollten es nicht mitbekommen", antwortete er mit gesenktem Kopf und leiser Stimme.
„Ich warte, Kyle."
Jetzt machte er mich wütend und ich packte ihn, obwohl er einen Kopf größer war, an den Armen.
„Deine Eltern sind tot."
Da stockte er wieder und fügte hinzu:

"...oder vielleicht Schlimmeres."

Als ich das hörte, ließ ich ihn los und versuchte, mich zu fassen. Ich setzte mich wieder und fing zu weinen an. Ich nahm meine Hände und hielt sie vor das Gesicht, damit niemand meine Tränen sah. Vor allem nicht meine Schwestern, die immer wieder herüberblickten. Schluchzend flüsterte ich nur:

„Also war es doch kein Traum..."

Da spitzte Kyle sehr neugierig die Ohren:

„Wie meinst Du das?"

„Ich habe es gesehen, doch dachte ich, es wäre ein schlimmer Traum gewesen."

Er setzte sich neben mich auf einen Stein und blickte mich fragend an.

„Was heißt, Du hast es GESEHEN?"

Neugierig setzte sich Kyle noch näher zu mir ins Gras.

„Ach nichts, ich hab nur laut gedacht."

„Nein, das musst du mir jetzt genau erklären. Das klingt sehr interessant."

Jetzt kam mir das Ganze doch sehr seltsam vor. Zuerst hatte Kyle große Probleme, mir das Geschehene zu schildern und jetzt war er sowas von neugierig. Ich stand auf und ließ ihn einfach sitzen.

"Ach nichts. Ich finde, ich sollte mich jetzt um die Zwillinge kümmern."

Jetzt saß er mit weit geöffnetem Mund da und blickte mir stumm hinterher, als ich wegging.

Am nächsten Tag wiederholte sich das Ganze und ich versuchte, der ewigen Fragerei einfach aus dem Weg zu gehen. Als Konsequenz meiner Sturheit entzog man mir immer mehr den Kontakt zu meinen Schwestern. Ich sah sie kaum noch und auf die Frage, wo sie seien, hieß es nur, sie würden gebraucht. Die Waldgeister wollten ihnen die grausame Welt ersparen. Es ging so weit, dass die Zwillinge sogar aufhörten, nach unseren Eltern zu fragen. Irgendwie beeinflusste man die beiden. Wie wenn man diese Gedanken gelöscht hätte. Ich spielte das Spiel so gut mit, wie es ging und versuchte, mich in die

Gesellschaft der Waldbewohner zu integrieren. Aber es baute sich immer mehr eine Mauer auf. Die Älteren sprachen nur noch das Notwendigste mit mir.

Doch nachts suchte ich immer eine Lichtung auf, um diese magische Verbindung zum Mond aufzubauen. Ich starrte ihn einfach an und wir unterhielten uns. Besser gesagt, er sprach, ich schwieg und hörte zu. Und langsam wurde mir bewusst, dass nicht alles, was gut erscheint, auch wirklich so ist. Im Schnelldurchgang erhielt ich das Wissen über die Zusammenhänge unseres Lebens und der weißen Magie. Doch niemand sollte etwas davon mitbekommen. Der Mond sagte nur: *„Der Tag wird kommen."*

Die Tage vergingen, die Nächte kamen. Doch was blieb, war die ewige Fragerei von Kyle – bis ich es irgendwann nicht mehr ertrug und ihn beim Essen anschrie:
„Was willst Du eigentlich von mir? Lass mich endlich in Ruhe!"
Da stand ich von der Bank auf, nahm meinen Teller und verteilte das darauf befindliche Gemüse auf seinem Kopf.
Als er mich so verdutzt ansah, blickte ich ihm mit strengem Blick in seine Augen. Plötzlich konnte ich tiefer in seinen Kopf blicken. Ich war in seinen Gedanken und erkannte einen Waldgeist, der in seinem Gehirn saß. Als er mich bemerkte, versuchte er, sich zu verstecken und Kyle bekam einen Panikanfall. Doch je mehr ich mich auf den Waldgeist konzentrierte, desto mehr hatte ich Kyle in der Hand. Sein Geist war gebannt. Mir liefen vor Anstrengung Schweißperlen von der Stirn. Plötzlich hörte ich eine sehr ängstliche Stimme:
„Lass bitte ab von mir."
„Warum sollte ich?"

„Wir haben einen Pakt mit dem Legat. Sie haben Dich und Deine Schwestern extra laufen lassen. Denn sie wollen mehr über Dich erfahren."
„Wieso MICH?"
„Du bist eine Gefahr für das Legat. Sie sind bereits auf dem Weg

hierher. Wir hatten die ganzen Jahre den Auftrag, Dich zu beobachten und Dich, wenn es sein muss, festzuhalten. Sie wollen nur wissen, wie stark Du bist."

„Was heißt, wie STARK ich bin?"

„Etwas schlummert in Dir, deshalb sollten wir Dich auch von IHM fernhalten."

„Von IHM?"

„Dem Mond, denn Du bist ..."

Plötzlich ertönte ein Horn.

Ein kurzes Augenzwinkern von mir und der Kontakt zu Kyle unterbrach. Ich sah, wie der Waldgeist aus Kyle durch seinen weit aufgerissenen Mund in Form eines sonderbaren Gases versuchte zu fliehen. Kyle verlor die Besinnung und sackte zusammen. Doch dies bemerkte niemand außer mir, denn jeder hatte nur eins im Kopf: so schnell wie möglich zu fliehen. Panik brach aus, als man Pferdegetrampel hörte. Die Schergen der Teufel kamen und schnell versuchte ich, meine Schwestern zu finden. Auf mein Rufen wurde nicht geantwortet, nur alle liefen immer wilder umher, als die Pferde näher kamen. Ich versuchte, am Baumrand einen Blick nach unten zu erhaschen, doch auf einmal wurde ich gestoßen, verlor den Halt und fiel. Plötzlich konnte ich mich nicht mehr bewegen und ringsherum blieb alles stehen. Jeder verharrte in seiner Bewegung. Langsam wurde ich nach oben über die Bäume getragen und ich vernahm eine Stimme, doch sah niemanden:

„Donya, flieh zu Freia."

4. Kapitel: Die Flucht

Es bildete sich eine Art durchsichtiger Kokon um das Mädchen. Dieser war genau so groß, dass sie sich in ihm frei bewegen konnte. Donya flog weiter in den Wald hinein. Immer auf Höhe der Baumkronen. Sie wurde immer schneller und schneller, bis sie plötzlich ohne Vorwarnung stehen blieb und die Umhüllung sich auflöste. Erschrocken versuchte das Mädchen, sich noch irgendwo festzuhalten, als es schlagartig bergab ging. Sie drehte sich und flog auf einmal Kopf voraus. Donya hatte das Gefühl, am Horizont Flammen zu sehen, doch wichtiger für sie war in diesem Moment ihre Landung. Als sie nach unten blickte, erkannte sie, dass sich der Boden, auf den sie zuflog, sonderbarerweise bewegte. Ringsherum waren die seltsamsten Bäume und vor ihr dieses vermeintliche Ding, das sie nicht kannte. Je näher sie kam, desto deutlicher wurde die Bewegung. Ein Meer aus schneeweißen Schmetterlingen sammelte sich am Boden und ließ Donya wie auf einem Daunenbett sicher und sanft landen. Jetzt lag sie da rücklings am Waldboden und rührte sich nicht. Ganz still lauschte sie dem Wind, der die sonderbarsten Geräusche an ihr Ohr brachte. Sie hörte ganz genau, wie sich eine Raupe abmühte, über einen Ast zu kommen. Vögel, die lautstark vor sich her sangen oder einen Dachs, der durch das Unterholz schlich.

Wo war sie nur?
Sie fühlte sich so frei und atmete tief durch. Irgendwie war die Luft viel reiner. Donya beschloss, sich das Ganze näher anzusehen und erhob sich. Plötzlich fand sie sich inmitten eines großen Margeritenfeldes wieder. Sie staunte nicht schlecht, denn als sie am Boden lag, war dieses noch nicht da gewesen. Aber bei so einer Pracht musste sie nur lachen, beugte sich nach vorne und schnupperte daran. Dann ging sie freudestrahlend durch das Feld und strich zufrieden mit ihren Händen durch die Blumen. Euphorisch jauchzte sie vor Freude über solch eine Schönheit. Donya gefiel es so sehr, durch das Feld zu laufen und dem Wind zu lauschen.

Doch auf einmal wurde es still, als am Horizont eine dunkle Wolke erschien. Donya blieb stehen und beobachtete das Schauspiel. Diese 'Wolke' hatte etwas Seltsames an sich, sie bewegte sich nicht mit dem Wind, sondern selbstständig. Das Mädchen wusste nicht, wie ihr geschah, als dieses Ding im nächsten Moment direkt auf sie zu kam. Starr vor Angst blieb sie einfach im Feld stehen. Je näher die Wolke kam, desto mehr wurden die Ausmaße sichtbar. Sie war riesig, sie pulsierte und Blitze schossen aus ihr heraus. Die Luft vibrierte richtig, als so ein Blitz in den Himmel raste.

Sie zuckte erstaunt zusammen, als ihr eine Stimme plötzlich sagte: „Donya, lauf zu den Bäumen, wenn Dir Dein Leben lieb ist!"
Als sie das hörte, lief sie, so schnell es ging, zum ersten Baum und versteckte sich dahinter. Das Mädchen machte sich ganz klein und lugte unter einem herunterhängenden Ast hervor.

Da sah sie, wie die Wolke über dem Feld kurz anhielt und dann langsam ganz knapp über die Blumen hinwegflog. Genau dort, wo Donya vorher vor Freude umhergelaufen war. Es schien, als ob dieses Ding ihrer Spur folgte. Immer näher kam die Wolke.
Als das junge Mädchen so hinter dem Baum dieses Schauspiel beobachtete, bemerkte sie nicht, dass sie inzwischen Gesellschaft bekommen hatte. Hinter ihr flogen jetzt die weißen Schmetterlinge umher. Donya war so mit dieser Wolke beschäftigt, dass sie es nicht bemerkte, wie die Schmetterlinge sich formierten. Langsam wurde aus den vielen eine einzige Figur, und zwar ein riesengroßer weißer Schmetterling, der lautlos hinter dem Mädchen die Flügel schlug. Inzwischen ging die Sonne langsam unter und der Mond erschien am Horizont. Im gleichem Moment verschwand die dunkle Wolke am Ende des Feldes.

Erleichtert drehte sich Donya um, schnaufte mit geschlossenen Augen tief durch und ließ sich mit dem Rücken an den Baum fallen. Doch irgendwie hatte sie das Gefühl, nicht mehr allein zu sein und beobachtet zu werden. Vorsichtig öffnete sie ihre Augen und blickte zaghaft umher. Als sie den Kopf ein wenig erhob, sah sie diesen großen weißen Schmetterling, der vor ihr auf Kopfhöhe lautlos zu schweben schien. Erschrocken wich sie zurück und presste sich gegen den Baumstamm. Ängstlich dachte das Mädchen nur:

„Welch seltsame Geschöpfe gibt es hier?"

Immer dieses Riesending im Blickfeld, tastete sie mit ihren Händen den Boden ab, um eine Waffe zu finden, sei es nur ein kleiner Ast. Sie ließ den Schmetterling nicht aus den Augen, bis sie etwas Ähnliches fand, packte es und wollte gerade auf ihn einschlagen. Just in dem Moment sprang ihr ein Wolf entgegen und fletschte die Zähne. Durch die Wucht des Zusammenstoßes wurde Donya von den Pfoten des Tieres niedergedrückt. Ihr Hinterkopf knallte gegen den Baum und um sie herum wurde es schwarz. Das Einzige, was sie noch mitbekam, war die Verwandlung des Schmetterlings in ein menschenähnliches Wesen.

Als sie langsam wieder zu sich kam, lag sie auf dem Rücken in einem Moosbett. Sie blickte sich um und versuchte, sich aufzurichten, bis sie eine Stimme hörte:
„Sei gegrüßt, Donya. Ich habe Dich bereits erwartet."
„Erwartet? Oh, tut mir der Kopf weh", sagte das Mädchen und griff sich an den Hinterkopf.
„Nicht so schnell, junge Dame."
Donya versuchte, sich aufzurichten, aber es gelang ihr nicht. Die Schmerzen erlaubten ihr gerade, dass sie sich zur Seite rollen konnte. Plötzlich blickte sie in zwei große Augen und irgendetwas schnüffelte sie an. Als sie diese Gestalt erkannte, wich sie erschrocken zurück. Denn das, was da vor ihr saß und sie nicht aus den Augen ließ, war ein mächtiger Wolf.
„STILL! Lasst sie in Ruhe. Sie muss sich erholen."

Da bemerkte Donya, dass auf der anderen Seite ihres Bettes ein weiterer Wolf saß. Es schien, als bewachten die Tiere das Mädchen. Ganz langsam setzte sie sich auf und sah diesen großen weißen Schmetterling vor dem Bett lautlos schweben. Donya sah ihn nur an und überlegte.

„Du hast bestimmt tausend Fragen, junge Dame", sagte diese inzwischen vertraute Stimme und Donya nickte nur stumm, denn sie wusste immer noch nicht, wer mit ihr sprach. Es konnte ja unmöglich dieses Geschöpf da vor ihr sein. Als wenn sie es laut ausgesprochen hätte, hüllte sich der Schmetterling auf einmal in einen weißen Nebel, bis er ganz verschwand. Als nach ein paar Sekunden der Nebel sich wieder lichtete, kam eine wunderschöne blonde Frau zum Vorschein. Ihr langes Kleid schimmerte im gleichen Grün wie die Smaragde der Mammutbäume und sie schien den Boden nicht zu berühren. Diese Frau hatte ein Lächeln und Augen so rein wie ein Gebirgsbach.
„Gefällt Dir diese Erscheinung besser?"
Das Mädchen dachte sich nur: „Das muss eine Fee sein. Wenn nicht sogar Freia."
„Ich kann Dich beruhigen. Ich bin Freia, kann in deinen Gedanken lesen und in dieser Art auch mit Dir sprechen – so wie Du, Donya."
„So wie ICH?"
„Diese Gabe haben nur Feen und ganz besondere Menschen."
„Ich bin nur ein armes Bauernmädchen."
Da lachte Freia nur.
„Du weißt, dass dies nicht stimmt."

Die Fee hob ihre rechte Hand, blickte auf die Wölfe und flüsterte ihnen etwas zu. Die Tiere streckten sich und langsam wurden aus den Pfoten Hände. Nach und nach nahm auch der Rest der Körper menschliche Formen an. Donya wusste, was dies bedeutete: diese Wölfe waren Werwölfe. Sie riss die Augen auf, denn sie erkannte die beiden Männer. Es waren Bewohner ihres Dorfes. Jetzt verstand das Mädchen nichts mehr.

„Seit Deiner Geburt stehst Du unter meinem Schutz. Die beiden Bewacher sind seitdem immer an Deiner Seite, so wurde es mir aufgetragen und so handhabe ich es seit Jahren."

Da stotterte Donya nur:

„Wieso? Und von wem wurde es Dir aufgetragen?"

„Blicke nach oben. Du weißt, von wem ich spreche."

Donya ahnte es und blickte gen Himmel.

Ihr kam es so vor, als strahlte ER noch mehr als sonst.

DER MOND.

Donya lächelte nur. Sie stand auf und die magische Verbindung wurde hergestellt. Der Mond hatte ihr so viel zu sagen. Die Werwölfe hatten sie die ganzen vierzehn Jahre beschützt und alles Böse von ihr ferngehalten. Werwölfe sind die Kinder des Waldes und des Mondes. Sie geben sich erst zu erkennen, wenn es notwendig ist.

Freia gab Donya die Hand und nahm sie mit auf eine Reise in ihr Reich. Es ging immer tiefer in den Wald. Wie das Mädchen vom Mond erfuhr, schlummerte in ihr, wie in Freia, die Macht einer weißen Hexe, einer Dienerin des Mondes. So war ihr Weg vorbestimmt. Das Legat wusste dies nur zu gut.

Die Zeit verging und das Legat herrschte mit absoluter Härte. Sie beschränkten sich nicht mehr auf die Sonntage, sondern frönten ihrem Blutdurst jede Nacht. Die Menschen von Seagull wurden zu willenlosen Blutsklaven, bis sie kein Blut mehr hatten und entsorgt wurden. Die aufgeschichteten blutleeren Leichen wurden von den restlichen Menschen verbrannt, um keine Epidemie entstehen zu lassen. Es schien hoffnungslos, das Legat errichtete die Hölle auf Erden. Sogar der Wald war nicht mehr sicher. Die einst so starken Waldgeister wurden vom Legat getäuscht und vertrieben. Die mächtigen Mammutbäume fielen den Flammen zum Opfer. Die Symbiose zwischen den Nymphen und den Bäumen wurde ihnen zum Verhängnis, als man begann, den Wald zu roden.

5. Kapitel: Die Rückkehr

Festial war eine mächtige Burg. Ihre Mauern drei Meter dick. Die Eroberungen der Muselmanen, die Feldzüge der Wikinger, die Glaubenskriege der Ritter endeten hier. Denn hier herrschte das Legat. Das Dreigestirn der Hölle.

Einst entstieg das Böse in Form einer Schlange der Unterwelt und wurde in der menschlichen Welt als Gegenstück des Guten geduldet. Es war ein Test für die Menschheit. Doch die Schlange wartete im Dunkeln immer auf ihre Gelegenheit, durch List und Tücke die Menschen auf ihre Seite zu ziehen. Die Niedertracht der Menschen machte sie immer stärker und das Gleichgewicht kam ins Schwanken. Die Schwäche der Menschen machte sie sich zunutze. Aber als sie die drei Fürsten in Besitz nahm, wurde ein Engel als Zeichen für das Gute geschickt mit einer Botschaft:

Es steckt noch in jedem Menschen die Hoffnung tief in seinem Herzen.

Doch die Fürsten fingen den Engel und warfen ihn in den tiefsten Kerker von Festial. Seitdem wartete der Engel auf den Tag, an dem seine Botschaft die Menschen erreichen sollte.

Von Weitem hörte man schon das Gejohle. Die drei Fürsten gaben ein rauschendes Fest. Musik ertönte, Wein floss in Strömen und ab und zu wurde einer der Diener von den Fürsten gebissen. Es war ein Vampirfest, die Fürsten luden die menschlichen Adligen der angrenzenden Grafschaften von Yorkshire und Donward dazu ein. Niemand der Geladenen ahnte, dass sie selbst auf dem Speiseplan standen, sondern sie dachten nur an das versprochene Gold. Alle tranken, sangen und waren ausgelassen. Niemand bemerkte im Rausch, dass still und heimlich alle Vorhänge im Thronsaal vorgezogen wurden.

Da stand einer der Fürsten auf und hielt eine Ansprache.
Stille kehrte ein.

„Wir werden noch einen weiteren Gast haben. Er wird gerade geholt. An IHM werden wir zeigen, wie es jemandem ergeht, der uns nicht gehorcht."

Plötzlich waren die Menschen im Saal hellwach, als sie das hörten und ihnen stockte der Atem, als zwei augenlose bullige Wächter einen Engel an seinen Flügeln in die Mitte des Saales zogen. Ein Raunen ging durch die Menge, denn man hatte Gerüchte gehört, dass es diese Wesen gab, aber noch nie einen leibhaftig gesehen. Abgeschirmt von Wächtern, die einen Gang bildeten, gingen die Menschen näher an das Schauspiel heran. Dreckig und mit Schnittwunden übersät, wurde dieses reine Wesen gedemütigt. Die Wächter hatten ihre helle Freude daran, nach ihm zu treten und ihn zu bespucken. Plötzlich stoppten die Wächter und man sah, wie von oben ein Holzkreuz herabgehievt wurde, mit dem Kopf nach unten. Als es den Boden erreichte, kamen noch zwei Wächter zu Hilfe und man band den Engel kopfüber an das Kreuz. Das geflügelte Wesen war zu schwach, um sich zu wehren. Dann gab einer der Fürsten ein Zeichen, das Kreuz nach oben zu ziehen und er ging auf den Engel zu. Als das Kreuz in Augenhöhe über dem Boden hing, hielt man es an und der Fürst stellte sich vor den Engel. Er blickte ihn an und streckte seinen Arm aus. Man sah, wie aus der Hand eine Raubvogelkralle wurde und er bewegte sie. Plötzlich hackte er auf die Brust des Engels ein, bis das Blut spritze. Dann ritzte er ihm ein Kreuz ein. Kein Laut kam über die Lippen des Engels und die Menschen waren geschockt über das, was sie da sahen.

Gerade als der Fürst die Krallen über das Gesicht des Engels wandern lassen wollte, ertönte Wolfsgeheul. Als die drei Fürsten dies hörten, fauchten sie nur. Was sie nicht bemerkten, waren die Diener, die mit ihren Fackeln inzwischen die Vorhänge anzündeten. Die Vampire waren außer sich, rannten wie wild umher und wollten den Saal verlassen. Nun bemerkten sie, dass die Türen von außen verriegelt waren. Sie liefen die Wände hoch und wollten aus den Fenstern springen, doch als sie hinausblickten erkannten sie, dass der Mond sie bereits erwartete.

VOLLMOND.

Plötzlich verwandelten sich die restlichen Menschen in Werwölfe. Die Fürsten hatten sich ihre eigenen Feinde ins Haus geladen. Ein unerbittlicher Kampf zwischen ihnen und den Wächtern entstand, und die Vampire beobachteten dies aus sicherer Entfernung. Warum griffen sie nicht ein?

Auf einmal durchdrang ein weißer Strahl den Saal bis zur Mitte und alle wurden geblendet. So schnell, wie er kam, war er wieder verschwunden und ließ nur ein unscheinbares Bündel in der Saalmitte zurück. Aber etwas bewegte sich in dem Bündel, das immer größer und größer wurde. Das Dreigestirn sprang herab und sie verwandelten sich in einen schwarzen Panther, einen schwarzen Tiger und einen schwarzen Leoparden. Langsam näherten sie sich dem Bündel und umkreisten es. Sie fletschten die Zähne und fauchten es an. Doch irgendeine Macht umgab dieses Ding, denn als die Tiere es anspringen wollten, prallten sie ab. Da erhob sich das Bündel und eine Gestalt mit weißer Kutte und tief ins Gesicht gezogener Kapuze kam zum Vorschein. Sie hob ihren Kopf und streckte ihre Arme nach oben aus. Sogleich lösten sich die Fesseln des Engels und sie führte ihn mit ihren Armen zu Boden. Er landete sicher auf seinen Füßen, klappte seine Flügel nach vorne ein und sank zusammen. Dann hörte man dieses Wesen ihm etwas zuflüstern:

„Der Tag ist da."

Langsam breitete der Engel seine Flügel aus und er erstrahlte wieder. All seine Wunden waren verschwunden und er erhob sich zur Decke. Derweil wollten die drei Fürsten flüchten, wurden aber von den Werwölfen in Schach gehalten und zogen ihre Kreise immer enger. Plötzlich hörte man einen markerschütternden Schrei und irgendetwas donnerte an eine Türe. Immer lauter und immer fester, bis die Türe zerbarst. Die Werwölfe hielten inne, denn es war niemand zu sehen. Nebel umhüllte auf einmal die drei Fürsten und Stille kehrte ein. Kein Mucks war zu hören, bis man auf einmal Schritte vernahm und zwei kleine Schatten in der zerstörten Tür erschienen: Emilie und Emilia. Die Zwillinge in ihren zerlumpten, dreckigen Kleidchen näherten sich. Nur diesmal waren es nicht die fröhlichen Kinder, sondern sie benahmen sich wie willenlose Sklaven mit einem ganz starren Blick, die Hand in Hand wie ferngesteuert den Saal betraten. Blitzartig sprangen die Werwölfe auf die beiden zu, doch wurden sie von dem weißen Wesen zurückgehalten. Als die Kinder die keifenden Werwölfe erreichten, packten sie die Tiere und bissen ihnen die Kehlen durch. Das Ganze ging so schnell, dass man es erst sah, als es zu spät war. Kein Werwolf überlebte.

Die Kinder gingen wieder Richtung Nebel, der pulsierte und immer größer wurde. Als er sich lichtete, stand der Teufel persönlich im Saal. In Gestalt eines feinen älteren Herrn im dunklen Mantel mit großem Hut breitete er die Arme aus und sagte nur:
„Kommt zu mir, meine Kinder. Meine braven Kinder.“
Als die Zwillinge ihn erreichten, nahm er sie in die Arme und lachte nur.

Die ganze Zeit hatte das weiße Wesen die Situation aus einer dunklen Ecke heraus beobachtet. Doch jetzt trat es hervor und gab sich zu erkennen. Es trat in die Mitte des Saales und nahm seine Kapuze ab.

Es war DONYA.
Sie war inzwischen zur jungen Frau herangewachsen und eine weiße Hexe geworden. Dann richtete sie das Wort an die Ausgeburt der Hölle:
„Du weißt, dass dies Dein Ende ist und ich werde Dich dorthin zurückschicken, wo Du einst herkamst.“
Da lachte der Teufel nur und umgab sich mit einem Feuerschein.
„Wer – Du? Niemals. Deine Schwestern gehören schon mir und bald auch DU“, sagte er und lachte hämisch.

Donya erhob ihre Arme und richtete ihren Blick auf den Mond. Sie riss ihre Augen auf und sie wurden weiß. Die Macht des Mondes durchfuhr sie und ihre weißen Haare wehten im aufkommenden Wind. Sie richtete ihre Augen auf die Zwillinge, die anfingen zu weinen. Da kam der Engel geflogen und stürzte sich auf den Teufel. Abgelenkt durch den Engel erkannte er nicht, dass die Zwillinge zwar unter seinem Einfluss standen, aber immer noch Menschen waren. In Ihnen keimte etwas, das er nicht bemerkte und je näher der Engel den Kindern kam, desto mehr nahmen sie wieder ihre menschlichen Züge an. Zu spät bemerkte der Teufel die Falle. Denn als der Engel die Kinder erreichte, gab er ihnen die Hände und schloss die Verbindung. Der Keim, die Hoffnung, konnte fließen und durchströmte jetzt auch den Teufel. Was die Mädchen jetzt immer stärker machte, war das Gute in jedem Herzen der Menschen. Langsam erlosch die feurige Erscheinung des Teufels und er konnte sich aus der tödlichen Umklammerung nicht mehr lösen, so sehr er es auch versuchte. Bis nur noch eine kleine Flamme von ihm übrig blieb, die sich langsam im steinernen Boden verkroch – dorthin, wo sie hergekommen war.

Seit dieser Zeit hielt die weiße Hexe Wache über die Menschen von Seagull.

MADELEINE

Der Beginn

Sollte irgendwann jemand auf den Gedanken kommen, meine Geschichte aufzuschreiben, bitte ich darum, statt Tinte Blut zu nehmen. Denn mein Leben wird von diesem roten Saft beherrscht. Er ist mein Lebenselixier, das mich unsterblich macht. Doch – jeder, der mich näher kennt, wird sich hüten, diese in Worte zu fassen. Ein falsches Wort und es wird sein Letztes gewesen sein. Man sagt mir nach, ich sei jähzornig, blutrünstig, brutal. Aber ich kann auch lieb und nett sein. Dies zwar selten, aber das kümmert mich nicht.

Ich gehe meinen Weg.

Deshalb ist es besser, mir nicht in die Quere zu kommen.

Außer – ich will es so.

Man nennt mich Engel des Todes.

Wer ich bin?

MADELEINE

Der Ritus

Ich weiß, normal sollte man an seinem Geburtstag fröhlich sein, doch ich bin mir da nicht ganz sicher. Manchmal wünsche ich mir, niemals geboren worden zu sein. Zu tief sitzen die Erinnerungen. Ich kann mich an jede Sekunde meiner Geburt erinnern, als wäre es gestern gewesen.

Es war Samhain und der Ritus war voll im Gange. Meine Mutter lag wie in Trance auf dem steinernen Tisch und bewegte sich nicht. Mir kam es so vor, als ob ich durch ihre Augen alles sah. Um sie herum standen die Priester des Dunklen Ordens, tief geduckt in roten Kapuzenmänteln. Sie murmelten althergebrachte keltische Sprüche. Nur der Schein der sieben Kerzen, die um den Tisch standen, erhellte die Szenerie. Man spürte die Spannung, die im Raum lag. Plötzlich funkelte etwas über meiner Mutter im Lichtschein. Aus dem Dunkeln heraus erkannte sie ein Messer, das sich langsam von oben näherte. Gehalten wurde es von Tru'ha, dem obersten Priester, der am Kopfende des Tisches stand. Er hielt inne und wartete auf etwas ganz Bestimmtes.

Es war die Nacht des Blutgottes und dieser forderte ein Opfer. Das einzige Geräusch, was zu hören war, waren die murmelnden Priester. Plötzlich hörte man Big Ben und die Klinge raste in den Bauch meiner Mutter. Das Blut spritzte heraus und langsam färbte sich das strahlend weiße Nachthemd meiner Mutter blutrot. Es floss über ihren Körper auf den Tisch und tropfte zu Boden. Tru'ha beugte sich nach vorne und riss die Bauchdecke meiner Mutter mit bloßen Händen weiter auf. Er griff hinein und suchte etwas.
Bis – er mich fand. Er packte mich und hob mich an meinem linken Fuß empor. Mit der rechten Hand durchschnitt er die Nabelschnur. Der Kontakt zu meiner Mutter riss ab. In jenem Moment wurde es dunkel um mich herum und Stille kehrte ein. Das Einzige, woran ich mich danach noch erinnern konnte, war das viele Blut.

Als ich erwachte, lag ich im St. Maria's Hospital in der Nicholson Street, dem Armenviertel von London. Wie ich später erfuhr, wurde der Moment meiner Geburt, jener Ritus, von Scotland Yard ziemlich rabiat beendet. Niemand außer mir überlebte dieses Massaker. Vielleicht wäre es besser gewesen, dieses blutverschmierte Etwas nicht zu retten...

Die Schmach

In Obhut der Kirche wuchs ich in einem Waisenhaus am East End auf. Dort lernte ich, mich durchzusetzen und meine Waffen als Frau zu gebrauchen. Doch bevor dies geschah, wurde ich benutzt. Dieser Schalter im Kopf musste erst umgelegt werden, bevor ich aus der grausamen Realität in meine eigene Welt gestoßen wurde. Jede noch so dreckige Arbeit musste ich verrichten. Als kleines unschuldiges Mädchen musste ich nicht nur zum Arbeiten herhalten. Nachts wurde ich oft genug besucht und ich lernte, meinen Mund zu halten. Mein Rücken zeigte die Spuren eines verzweifelten Kampfes gegen die Schande der Nacht. Nie sah ich ein Gesicht, alles geschah im Schutze der Dunkelheit. Nur diese eine Stimme bohrte sich in mein Gehirn. Bis zu dem Zeitpunkt, als es geschah.

Es war an meinem 10. Geburtstag, als wir zum Beichten gehen sollten. In Reih und Glied standen an die 50 Kinder bereit, um in die benachbarte St. Bartholomäus-Kathedrale zu marschieren. Es wurde herumgetollt und geflachst, bis unsere Frau Oberin die Szene betrat. Schwester Adele war eine stattliche Frau von ca. 150 Kilo auf knapp zwei Meter in einem Nonnenkostüm und sie hasste Kinder. Als sie da zwischen Tür und Angel stand, spürten wir an ihrem Blick diese innere Kälte. Ohne einen Laut von sich zu geben, begab sich jedes Kind an seinen Platz und alle blickten zu Boden. Wir betraten das ehrwürdige Bauwerk und setzten uns, immer unter der Beobachtung unserer Nonnen, auf die Holzbänke, nicht weit von den Beichtstühlen entfernt. Nacheinander gingen immer vier Kinder in die Beichtstühle gleicher Anzahl. Sobald ein Kind zum Beichten ging, rückten die anderen nach. Kein Laut war zu hören, nicht einmal aus dem Beichtstuhl, bis ich an der Reihe war. Ich stand auf, schritt aus der Bankreihe, machte einen Hofknicks in Richtung Altar und ging mit gesenktem Kopf zum Beichtstuhl. Dort öffnete ich die Türe und durch das hereinfallende Licht sah ich eine kleine Bank, auf welche ich mich setzte. Langsam schloss sich die Türe und es wurde dunkel und still. Da wurde auf einmal eine Schiebetür geöffnet und ein wenig Licht fiel durch das Gitter auf meine betenden Hände und das kleine Kreuz, das ich ganz fest hielt. Gespannt, was jetzt käme, erwartete ich eigentlich alles. Nur nicht – diese Stimme. Ich erkannte sie sofort als die Stimme meines Peinigers der Nacht. Nur diesmal sprach er wie ein Geist-licher und nicht wie der Teufel. Als er wissen wollte, wie mein Name lautete, bekam ich kein Wort heraus.

„Mädchen, was ist los? Du musst Dich nicht fürchten. Ich bin es nur." Diese Worte kannte ich zu Genüge und drückte mich noch fester gegen die Außenwand.
„Nein", stammelte ich nur.
„Was hast Du? Ich tue Dir nichts."
Dieselben Worte hatte er auch benutzt, als er mir seine Hand letzte Nacht zwischen die Beine schob. Mein Körper spannte sich immer mehr an und ich versuchte zu fliehen, doch irgendetwas hielt mich fest. Ich versuchte, mit dem Fuß die Tür aufzustoßen, doch vergebens, sie war verschlossen. Und die suchende Hand erreichte meine betenden Hände, strich über das Kreuz – und mein Wunder geschah. Er schnitt sich und wich zurück. Erleichtert öffnete ich die Augen und atmete kurz durch.

„Du kleines Biest, wegen Dir habe ich mich geschnitten!", schrie mein Peiniger und plötzlich schnellte seine Hand aus dem Halbdunkeln in mein Gesicht. Er versuchte, mich zu sich zu ziehen, doch ich wehrte mich mit allen Kräften und biss ihn in die Hand. Ich nahm das Kreuz und schlug auf ihn ein. Nicht einmal, sondern unzählige Male, wie im Rausch, bis er von mir abließ. Das Blut tropfte nur so vom Kreuz und ich spürte eine innere Befriedigung. Als ich aufstand, wurde plötzlich die Beichtstuhltüre aufgerissen. Vor mir stand Schwester Adele. Sie blickte mich entgeistert an und wich zurück. Denn inzwischen hatte sich das Blut auf mein ganzes Kleid verteilt und ich hatte diesen BLICK. Ich verließ den Beichtstuhl und die Oberin machte mir Platz. Dieses zufriedene Gefühl kannte ich nicht und ich ertappte mich dabei, wie ich mir die blutverschmierten Finger ableckte. Mhhh, ich genoss diesen Geschmack des blutroten Saftes. Sein Blut.

174

Der Schalter in mir wurde dadurch umgelegt und mein ICH veränderte sich schlagartig. Da packten mich zwei Schwestern und ich wurde weggeführt. Als ich mich umdrehte, sah ich nur noch, wie aus der mittleren Türe Unmengen von Blut herausflossen. Es schien, als hätte ich eine Hauptschlagader erwischt und mein Peiniger verblutete jämmerlich im Beichtstuhl. Beim Verlassen der Kathedrale hörte ich nur noch aus der Ferne, wie Schwester Adele laut aufschrie: „Bischof Salomon...!"

Weiter kam sie nicht, denn beim Anblick erlitt sie eine Herzattacke, die sie das Leben kostete. Und ich hatte wieder diesen Blick und lachte.

Seit jenem Tag wurde keine Beichte mehr in der Kathedrale abgenommen. Die Kirche vertuschte den ganzen Vorfall und ich hatte seitdem keine nächtlichen Besucher mehr. Nur diese Stimme blieb und mein Blick, wenn...

Doch dazu später.

Zwei Leben

Jahre waren vergangen und ich schaffte den Sprung ins normale Leben. Ich studierte Medizin am Tage und jobbte nachts in den Bars am Hafen. Ab und zu bekam ich in meinem 1-Zimmer-Apartment Männerbesuch. Und ab und zu bekamen sie meine Launen zu spüren. Als angehende Doktorin sehe ich mich meinem Hippokratischen Eid verpflichtet, jedem zu helfen. Wie? Auf meine Art. Wie heißt es so schön: In einem gesunden Körper wohnt ein gesunder Geist. Doch ich suche mir immer das Gegenteil: die durchgeknallten Typen, die nachts in Bars herumhängen und die niemand vermisst. Ich finde, an diesen Typen kann ich meine anatomischen Kenntnisse viel besser erweitern, als an den leblosen Gerippen oder Plastikinnereien an der Uni.

Denn:
Wie lange lebt ein Mensch, wenn man ihn aus dem 10. Stock eines Hochhauses wirft?
Wie lange dauert der Todeskampf, wenn man ihn mit einem Truck überrollt?
Oder was passiert, wenn er mit den Füßen nach oben im Glockenturm zwischen zwei Glocken hängt?

So verbinde ich meine zwei Leben – denn was habe ich von einem Delinquenten, der mir gleich beim ersten Versuch wegstirbt?

Des Öfteren ertappe ich mich dabei, meinen Blick auch im Unterricht zu bekommen, wenn ich im Praktischen so richtig in Fahrt komme. Als ich wieder einmal ganz vertieft in meiner Arbeit aufging, sagte mein Uniprofessor zu mir:
„Es scheint, Sie kennen sich sehr gut aus."
„Ich lese sehr viel."
„Mit welchem Geschick Sie das Tier zerlegen. Da könnte man meinen, dass Sie nichts anderes machen. Sie bringen es noch weit, junge Dame."
Sogleich winkte er seine umherstehenden Kollegen herbei und alle

176

starrten meinen sezierten Leichnam eines Affen an. Alle Innereien lagen wie auf einer Schnur gespannt neben dem leblosen Körper ohne nur einen Einschnitt.

„Junge Dame, wie war doch gleich Ihr werter Name und wie alt, sagten Sie, sind Sie?", fragte er mich nebenbei.

„Ich bin Madeleine. Madeleine Samhain und bin 22 Jahre alt."

„Samhain? Welch ungewöhnlicher Name."

„Ich bin ein Findelkind und wurde in der Nacht zum 1. November geboren. Der Polizist, der mich fand, hatte die Idee, mich nach seiner verstorbenen Tochter zu benennen."

„Aha. Und Samhain – benannt nach dem keltischen Fest. Das ist ulkig. Warum nannte man Sie nicht gleich HALLOWEEN?"

Als er dies sagte, lachte er lauthals und alle Ärzte um ihn herum lachten mit. Da schloss ich die Augen und konnte die Wut spüren, die langsam in mir hochkam. Ich öffnete sie wieder und hatte diesen Blick. Im gleichen Moment zerdrückte ich das Herz des Affen mit der rechten Hand und hielt das Skalpell mit der linken ganz fest. Ich hörte nur noch dieses Lachen und richtete mich langsam auf. Als ich mich umdrehen wollte, ertönte plötzlich der Gong zum Mittagessen. Lachend verließen die Herren Ärzte den Unterrichtssaal. Meine Kommilitonen, die mit an den anderen Tischen verteilt waren, starrten mich nur entgeistert an und erschraken, als sie die Über-reste vom zerdrückten Affenherzen in meiner Hand sahen.

Noch in der gleichen Nacht besuchte ich den Herrn Professor in seiner Stadtwohnung, als er sich gerade genüsslich die kleinen nackten Mädchen auf seinem Laptop ansah. Diese Genugtuung, die ich spürte, als ich ihm ein Lächeln ins Gesicht zauberte. Das Skalpell schlitzte mühelos seinen Mund bis zu den Ohren auf. Er konnte sich nicht beschweren, dass er nichts mitbekam. Gefesselt am Stuhl, ließ ich ihn live und bei vollem Bewusstsein an meiner Vorführung teilhaben. Sein Winseln forderte mich nur heraus, weiterzumachen. Studien am lebendigen Objekt sind mir die Liebsten. Und wenn ich mir so die Vorlieben dieses Herren ansehe, komme ich mir vor, als würde ich nur das Geschwür der Menschheit entfernen. Als ich ihn so seines Herzens entledigte, kamen mir seine Worte in den Sinn, dass ich es mit meinem Geschick noch weit bringen würde. Ich schätze, er meinte es anders. HA HA HA.

Einsame Suche

SEHNSUCHT
Auch ich kenne dieses Wort. Oft genug verkrieche ich mich wie ein scheues Reh, tief in eine dunkle Ecke des Raumes, nur durch eine schwarze Kerze erleuchtet.

SCHMERZEN
Ich liebe sie. Wenn ich meine Hand über die Kerze halte, versuche ich, alles um mich herum zu vergessen. Dieser Moment, wenn es nicht mehr auszuhalten ist, weil sich die Flamme ihren Weg in mein Fleisch frisst. Ich rieche förmlich seine zerstörerische Macht. Doch – ich ignoriere es. Bis ich es fast nicht mehr aushalte.

GEFAHR
Ich suche die Gefahr. Unerwartet tauche ich plötzlich vor einem heranrasenden Zug auf und stelle mich ihm in den Weg. Dann kommt dieser Moment: Schaffe ich es oder nicht, die Schienen rechtzeitig zu verlassen?
Hahaha – ich genieße es, wenn ich sehe, wie die Augen des Zuglenkers immer größer werden, als er mich erblickt. Panik steht ihm ins Gesicht geschrieben. Panik und Furcht. Doch immer öfter ertappe ich mich dabei, die Kontrolle fast zu verlieren.

Jetzt irre ich planlos durch Londons Straßen, auf der Suche nach etwas, was ich im Moment nicht zuordnen kann. Stundenlang laufe ich durch die dunklen Gassen und dröhne mich mit immer dem gleichen Lied zu. „Cold" aus meinem Lieblingsvampirfilm spricht mir aus der Seele. Ich befinde mich auf der einsamen Suche, und sobald ich stehen bleibe, um tief durchzuatmen, schließe ich die Augen und spüre meine innere Kälte. Bis – ER wieder zu mir spricht. Doch wer ist ER? Wenn ich eine Antwort auf diese Frage will, müsste ich in meine Vergangenheit zurück.

Doch soweit komme ich jetzt nicht – plötzlich klopft mir jemand mit einem harten Gegenstand auf die Schulter. Wie benommen nehme ich meine Kopfhörer ab und drehe mich um.

„Ja, was gibt's?"

Da steht auf einmal ein Bobby lächelnd vor mir und brüstet sich wie ein Gockel.

„Wen haben wir denn da", grinst er über das ganze Gesicht und schlägt seinen Schlagstock in die offene Handfläche.

„Du weißt wohl nicht, dass das hier eine sehr unsichere Gegend ist. Vor allem für so ein hübsches Mädchen wie Dich."

Dann wieder dieses überhebliche Getue. Ich blicke mich um und sehe, dass ich mich in einem mir unbekannten Viertel befinde. Nicht gerade einladend. Aber was ich auf den Tod nicht ausstehen kann, ist, wenn man mich von oben herab behandelt. Mit tief gesenktem Kopf stehe ich jetzt da und spüre auf einmal diesen Schlagstock an meinem Hintern. Langsam kocht es in mir.

„Na Mädchen, Du siehst zwar mit den roten Haaren und den verschmierten Augen ein wenig sonderbar aus. Aber ich schätze, dass wir bestimmt unseren Spaß haben werden", spricht er und kommt immer näher. Gut, er ist zwei Köpfe größer als ich und ein Schrank von einem Mann, doch er kennt mich noch nicht. Das muss geändert werden.

Dann versucht er auch noch, mich näher an sich zu drücken. Je näher er kommt, desto mehr bemerke ich den Gestank von Alkohol. Ich denke mir nur:

„Schade, dann bekommt er ja gar nicht mit, was ich gleich mit ihm anstellen werde."

Geschickt entweiche ich seiner Umarmung nach unten weg. Er will mich noch erwischen, aber verliert dabei das Gleichgewicht und torkelt nach vorne. Ich weiche aus, nehme das Kabel meiner Kopfhörer und wickle es um seinen Hals. Mit der Wucht seines Gewichtes stolpert er – natürlich rein zufällig – über mein aus-gestrecktes Bein und fällt zu Boden. Als er da so hilflos am Boden liegt und nur noch röchelt, kommt wieder diese Zufriedenheit. Und wie ich seinen Schlagstock neben ihm am Boden liegen sehe, habe ich wieder diesen Blick.

Man sollte sich nicht mit kleinen Mädchen anlegen.

Später wasche ich mir die Hände an der nahegelegenen Themse, setze meine Kopfhörer wieder auf und laufe nach Hause – zufrieden und mit einem Lächeln im Gesicht.

Als ich am nächsten Tag in der Mensa genüsslich mein Sandwich verdrücke, höre ich zufällig ein Gespräch am Nachbartisch:
„Habt Ihr es gehört? Heute Morgen haben sie einen toten Bobby in den Narrows gefunden. Ziemlich übel zugerichtet."
„Nein sag, wieso das?"
„Ich weiß nicht. Sie vermuten, er kam in einen Bandenkrieg."
„Und schlimm?"
„Na ja, es war ein ziemliches Blutbad. Sie haben ihm anscheinend den Kopf mit seinem eigenen Schlagstock zertrümmert."
„Und wer war's?"
„Laut Scotland Yard waren es die Südamerikaner."
„Weshalb?"
„Man hat versucht, ihn zu erdrosseln, was anscheinend nicht schnell genug gelang."

Jetzt schmeckt mir mein Mittagessen noch mehr und ich lecke mir schmunzelnd die Finger ab. Mhhh, anscheinend habe ich ein bisschen Blut vergessen und nun habe ich wieder meinen Blick.

Erkenntnis

Ein guter Platz, um allein zu sein, sind Friedhöfe. Ich fühle mich wohl inmitten der Toten. Außer man wird gestört. Naja, meist nicht lange. Hahaha.

Man sagt doch, die Kirche kenne sich mit Übersinnlichem, dem Unerklärbaren, aus. Deshalb habe ich mich auf den Weg gemacht, um nach Antworten zu suchen. Ich besuche nicht irgendein Gotteshaus, sondern gehe dorthin, wo alles begann. Die Kathedrale von St. Bartholomäus. Kurz nach dem Sonntagsgottesdienst schleiche ich mich hinein. Unauffällig zwischen den Kirchengängern, die schnell nach Hause wollen, betrete ich das ehrwürdige Bauwerk. In einem Seitenschiff befindet sich das Bildnis des Todes im Kapuzenmantel und der Sense in der Hand. Ich betrachte das Bild ganz genau und irgendwie finde ich daran Gefallen. So langsam wird es still in der Kathedrale. Nur der Organist ist zu hören, als er seine Noten zusammenpackt und das Vorschiff verlässt. Plötzlich höre ich ein Räuspern und jemand sagt: „PEST".
„Wie bitte?"

Ich erschrecke, denn ich habe nicht bemerkt, dass jemand hinter mir steht. Es ist ein Priester und er spricht weiter:
„Der Tod bringt hier die Pest über London. Sehen Sie, wie er die knochige Hand ausstreckt? Die Seuche hat über 50 % der Bevölkerung ausgelöscht."
„Interessant. Das wusste ich nicht."
„Wenn ich ehrlich bin, ich auch nicht. Bis vor Kurzem. Ich wurde nämlich hierher versetzt."
„Warum, wo kommen Sie her?"
„Edinburgh."
„Ah, interessant."
„Entschuldigen Sie bitte die blöde Frage, aber Sie sind ja auch nicht aus dieser Gemeinde. Denn SIE wären mir sicher aufgefallen."
Diesen Wortlaut hätte er sich sparen können, denn jetzt werde ich sauer und blicke ihn böse an.

„Wie meinen sie das?"

Und ich spüre meine ansteigende Innentemperatur.

„Ich kann mir Namen nicht merken, aber Gesichter. Ihr schönes und vor allem ungewöhnliches Erscheinungsbild wäre mir bestimmt aufgefallen."

„Ach so", sage ich und langsam senkt sich mein Pulsschlag wieder. Na ja, knallrote Haare und hohe Stiefel in Grün. Mir gefällt´s.

„Und was führt Sie in dieses Gotteshaus?"

„Fragen. Fragen, auf die ich keine Antworten weiß."

„Gut, dann setzen wir uns und ich höre zu."

Galant weist er mir den Weg zu den nahegelegenen Sitzbänken. Ungewöhnlich für einen Priester. Wir sprechen über Gott und die Welt und er stellt sich als ein sehr weltoffener Pfaffe heraus, mit Ansichten, die man einem Kuttenträger nicht zutrauen würde.

„Aber entschuldigen Sie meine Unhöflichkeit. Ich habe mich ja noch nicht einmal vorgestellt. Gestatten Dekan Damian McCush", sagt er und reicht mir die Hand.

„Und wie ist Ihr werter Name?"

Höflich, wie ich auch sein kann, strecke ich ihm meine Rechte entgegen und antworte:

„Madeleine. Madeleine Samhain."

Als sich unsere Hände berühren, reißt er erschrocken die Augen auf und zieht die Hand schlagartig zurück.

„Wie bitte?", fragt er mit leiser Stimme.

„Samhain, Madeleine. Warum?"

Plötzlich ist der Herr nicht mehr so freundlich und sehr in Eile. Hastig und total durcheinander steht er auf und verschwindet in der Sakristei. Da mir das Ganze ziemlich komisch vorkommt, gehe ich ihm hinterher. Irgendetwas stimmt nicht. Man hört mich durch die ganze Kathedrale schreiten. Mir kommt es so vor, als würden alle Heiligen, die an den Wänden hängen, mir hinterher starren. Ich finde ihn dann zusammengekauert in einer Ecke der Sakristei. Wie ein kleines Kind mit einem Rosenkranz in den Händen betet er bei geschlossenen Augen. Als er mich bemerkt, wird er still und blickt mich furchtvoll von unten nach oben an.

„Tun Sie mir bitte nichts."
„Warum sollte ich? Wieso sind Sie jetzt geflohen, als Sie mir die Hand gegeben haben?"
„Ich darf es Ihnen nicht sagen", winselt er.
Das hätte er nicht sagen sollen, denn dadurch verschlechtert sich meine Laune rapide und ich entreiße ihm den Rosenkranz.

„N-E-I-N", schreit er und ich spüre es wieder. Mein Blick verändert sich merklich und er versucht, die Perlen seiner Kette einzusammeln. Ich hebe meinen rechten Stiefel und drücke ihm meinen Absatz in den Handrücken. Langsam durchbohre ich ihn.
„Wollen Sie mir jetzt sagen, was ich wissen will?"
Ich genieße es, wie er sich so am Boden vor Schmerzen krümmt. Da stammelt er nur:
„Sie haben die Augen ihres Vaters."
Mit energischer Stimme spreche ich:
„Wer ist mein Vater?"
„Sie wissen es."
„W E R?"
Und immer fester drücke ich den Absatz in seine Hand.
„Der oberste Priester von Tru'ha."

„W E R ?"
„Der Teufel auf Erden."
„Der Teufel?"
Da erschrecke ich und lasse von ihm ab. Wie vom Blitz getroffen weiche ich zurück. Mein Blick verändert sich, ich knie nieder und helfe weinend dem Dekan auf. Verwundert blickt er mich an, als ich ihm mit seiner Stola die Hand verbinde. Von hier an wird er gesprächiger. Die Kirche weiß ganz genau Bescheid über mich.

Der Tag meiner Geburt sollte auch gleichzeitig mein Todestag sein. Scotland Yard sollte dies erledigen, nur ein Polizist hatte ein zu gutes Herz und rettete mich. Kurz davor hatte er seine Tochter im Kindsbett verloren. Man beobachtete mich und ließ es auch zu, dass ich erniedrigt wurde, denn man wollte meinen Vater herauslocken, um ihn zu zerstören. Nur – man fand ihn nirgends.

Als der Dekan mir nun die Hand gibt, spürt er aber die Anwesenheit des Teufels. Denn was niemand vermutete war, dass er sich in mir befindet. Und ab und zu sein Unwesen durch mich treibt.

Wenn ich nicht will, dass er mich vollkommen in Besitz nimmt, muss ich das Böse in mir kontrollieren oder es beenden. Doch ich weiß auch, dass ich dies nie allein schaffen kann. Deshalb tue ich das, was ich bisher in meinem Leben noch nie getan habe: Ich flehe einen anderen Menschen an, mir zu helfen.
„Bitte helfen Sie mir, bevor es zu spät ist. Stoppen Sie es, bevor es nicht mehr zu stoppen ist."

„Ich werde Ihnen helfen, nur es wird nicht ohne Schmerzen gehen. Wir müssen ihn aus Ihrem Körper bekommen", antwortet er und fordert mich auf, mich hinzuknien und die Augen zur Konzentration zu schließen. Dann stellt er sich vor mich, legt seine rechte Hand auf meinen Kopf und hält mit der linken ein Kreuz gen Himmel. Er betet zu allen Heiligen wie in Trance. Unbemerkt verliert der Pfaffe etwas Blut aus seiner Wunde und es rinnt mir langsam über den Kopf. Er hält mich so fest, dass ich mich auch nicht bewegen kann, als ich es bemerke. Das Blut rinnt langsam am Ohr vorbei und ins Gesicht. Ich nutze den Moment, als er tief Luft holt und wische es mit meiner Hand schnell weg. Als ich diesen süßen Geruch in die Nase bekomme, spüre ich, wie mein Pulsschlag immer schneller wird. Ich öffne die Augen und habe ein zufriedenes Lächeln.

Und diesen Blick.

Anhang

Treue Wegbegleiter:

Mein größter Dank gebührt **Tanja Neumann** und ihrem Sohn **Demian**, denen ich das wunderbare Cover zu verdanken habe. Wie viele wissen unterstützt mich Tanja alias **'Morticia Noir'** schon seit vielen Jahren. Sie ist nicht nur als begehrtes Szenemodel unterwegs, sondern betreibt auch einen exquisiten Shop für Schmuck der etwas anderen Sorte: **abARTig**
http://en.dawanda.com/shop/abartig

Als nächstes folgt ein Geheimtipp unter den schwarzen Lokalen und viele kennen es nur unter dem Namen 'Vempi':
die **Taverna Musica VEMPIRE** in Landshut mit den Betreibern **Gabi und Karsten Otto**. Den herzlichen Empfang bei Euch werde ich nie vergessen!
http://www.vempire.de/

Was wäre die schwarze Szene ohne solch hingebungsvolle Akteure w i e **Agnes Ströll** aus Nürnberg! Sie versorgt über ihren Onlineshop die ganze Welt mit allen Accessoires, die Gothics sich vorstellen können.
http://www.agneswelt.com/

Ein ganz besonderer Radiosender sei erwähnt:
'Darkradio' mit seinem Chef **René Kölln**.
Vielen Dank für die Unterstützung!
http://www.darkradio.de/